# Glosa

"El bautismo del Espíritu Santo con la señal inicial de hablar en lenguas es una excelente apología desde la perspectiva bíblico-teológica pentecostal. El autor Rafael Laboy Cruz, plantea el tema con mucha responsabilidad. Está pensado no sólo para provocar en usted hambre por recibir esa llenura del Espíritu Santo, sino también para darle una teología equilibrada. En una época en que hay polarización entre excesos del movimiento carismático (fuego extraño) y la pesimista perspectiva de quienes no creen que Dios manifiesta su poder (con fuego), el libro de Rafael Laboy Cruz, "El Poder Detrás de la Historia", nos ayudará a mantener nuestras cabezas erguidas mientras aumenta una pasión por tener esa llenura del Espíritu Santo en nuestras vidas."

Dr. Ángel Modesto Santiago Soto
Ministerio Educativo-Evangelístico
Internacional, Han Malák

"El pastor Rafael Laboy Cruz hace una defensa férrea de la doctrina del Espíritu Santo. Su intención es alinear en su justa perspectiva lo que implica la llenura y el bautismo en el Espíritu Santo y fuego, según el texto bíblico. Además de buscar una respuesta desafiante de una generación que posiblemente ha perdido su interés en la experiencia de pentecostés como estilo de vida.

En su exposición bíblica-histórica sobre el bautismo y la llenura del Espíritu Santo le prueba al lector que el poder Ejecutivo de Dios ha estado y está activo en la tierra.

El énfasis en la glosolalia como señal de la plenitud del Espíritu Santo en la vida del creyente es vital para ser pentecostal. Una experiencia única que todos debemos buscar y anhelar para proclamar el evangelio de Jesucristo con poder."

Rdo. Daniel Cruz Olivera
Director Departamento de Educación Cristiana
Familia de la Iglesia de Dios Pentecostal M. I. Región de Puerto Rico

"Descubrir los tesoros de sabiduría y de conocimiento, escondidos en Cristo; es un privilegio, que sólo Dios da el Espíritu Santo. El pastor Laboy, sencillo y humilde como es, fue señalado por Dios para descubrir esos tesoros. Son tesoros de vida abundante, vida feliz y llena de gozo. Así lo expreso en sus libros anteriores. En este nuevo libro, "Espíritu Santo… Poder Detrás de la Historia", nos descubre, nos revela el mejor y mayor tesoro. Lee cuidadosamente este libro y ardera tu corazón de gozo y presencia divina. ¡Disfrútalo! Dios te dará un nuevo pentecostés "como al principio".

Dra. L. Colón
Psicología Educativa

Espíritu Santo…Poder Detrás de la Historia

©2016 Rafael Laboy Cruz, Jr.

®Derechos Reservados

En beneficio del lector y hacer más fácil la comprensión del tema aquí expuesto, utilizamos distintas Versiones de la Biblia. Favor ver las notas al final.

®Diseño de la portada:

 Alexis Rafael Laboy Fúster, Artista Gráfico

®Fotografía Contraportada

Andy Caraballo, Fotógrafo

No se autoriza la reproducción de este libro ni parcial o total por cualquier medio ya sea gráfico, fotocopiadora, mecánico, electrónico, grabación, u otros, sin permiso escrito del autor.

VISITA DE AMOR

PO Box 787

Caguas, Puerto Rico

00726

rafaellaboyjrministries@gmail.com

visitadeamor@gmail.com

# Espíritu Santo…
## Poder  Detrás de la Historia

Rafael Laboy Cruz

VIII

# Índice

# Dedicatoria

A mi mejor amigo, inseparable, maestro, mentor, inspirador, consejero, colaborador, consolador, sustentador, guía, fiel y sincero, al tercer santo, mi amigo ESPIRITU SANTO.

A aquellos que me inspiraron con sus vidas, testimonios y ministerios; pero sobre todo me enseñaron a amar al Espíritu Santo. En primer lugar al Rev. Francisco Segarra, por medio del cual recibí el bautismo, al imponerme las manos, cual Pablo a Timoteo.

Reverendos, David Santiago Serrano, Francisco Báez, Elías Chamorro y el pastor dominicano Francisco Pérez, Evang, Santiago Ríos, quienes poseían el don de imposición de manos, conduciendo a miles de creyentes a recibir el bautismo del Espíritu Santo. Todos ellos, ya en presencia de su Señor.

Al momento que escribo estas líneas, aún queda un baluarte de estas lides, que sigue imponiendo sus manos con la autoridad y la unción del Espíritu. Me refiero al Rev. William

Roche Santiago, a quien Dios sigue usando en la ministración del bautismo del Espíritu Santo. Mi respeto y admiración.

"Entonces les imponían las manos, y recibían el Espíritu Santo." Hechos 8:17 (RVR1960)

"Todos fueron llenos del Espíritu Santo y comenzaron a hablar en diferentes lenguas, según el Espíritu les concedía expresarse." Hechos 2:4 (NVI)

Con gozo del Espíritu Santo,
*Rafael Laboy Cruz*
Pastor del Gozo

# Agradecimientos

De nuevo, no tomaré crédito en lo absoluto por el material de este libro. Todo el contenido me ha sido enseñado por la Palabra de Dios, Las Sagradas Escrituras y de mi relación e intimidad con mi mejor amigo, el Espíritu Santo. También a través de mi formación ministerial, más de 40 años de pastorado, de muchos mentores, profesores, libros, artículos y colegas.

Siento una inmensa gratitud por la profesora Hilda R. Velázquez, la Dra. Lucy Colón, la Ing. Dunechka Octtaviani y el Dr. Neil Alicea por su aportación al enriquecimiento de este material, con sus correcciones, comentarios y creatividad. De igual manera al Rev. William Hernández, autor de varias obras literarias, por honrarnos con tan espléndido prólogo.

De igual manera agradecer a mi pastor asociado Rafael Laboy Fúster, por sus observaciones tan desafiantes y adecuadas. Al pastor asociado de la Iglesia History Makers en Atlanta EU., Alexis Laboy Fúster por su

13

originalidad en el diseño de la portada. Mi niña Nitzalix por tan hermoso y tierno regalo, en medio de este escrito, Fabiola. A esa mujer sensible al mover y manifestación del Espíritu, constituyéndose en portavoz de Dios por medio del ministerio Profético. Inspiración y apoyo por más de 40 años a mi vida y ministerio. Te amo, Lizette.

A ti, amantísima Iglesia de Caguas Pueblo, porque me das la oportunidad desde el púlpito proclamar y enseñar estas grandes verdades espirituales, por estos pasados 25 años. Por tu apoyo incondicional al concederme el tiempo necesario para reflexionar y escribir. Como si esto no fuera suficiente, nos cubren día y noche con sus oraciones e intercesiones. Especialmente reconozco a los intercesores que se reúnen todos los martes, en Mañanas de Gloria. A todos, ¡GRACIAS!

"Amados hermanos, no podemos más que agradecerle a Dios por ustedes" 2 Tesalonicenses 1:3(NTV)


Con gozo del Espíritu Santo,

*Rafael Laboy Cruz*
Pastor del Gozo

# Distinción y Honra

A mis amantísimos padres, Rdo. Rafael Laboy Pelcroy, (en presencia del Señor) y Áurea E. Cruz Álamo, gracias por criarme en un hogar lleno de gozo del Espíritu Santo, felicidad y mucha risa, junto a mis hermanos.

Consagrados, dedicados e incansables Pastores y Misioneros, por más de 46 años. Predicaron, enseñaron y hablaron Las Sagradas Escrituras "siendo inspirados por el Espíritu Santo".

Sin duda alguna ellos han sido…el poder detrás de la historia.

Con amor y gozo del Espíritu Santo,
*Rafael Laboy Cruz*
Pastor del Gozo

# Prólogo

Existe una expectativa alentadora en medio del pueblo de Dios. La percepción de un ambiente que permea en el actual conglomerado de emociones y sentimientos y que no se basan en filosofías puramente humanas. Un ambiente donde se respira la gloria de la esfera espiritual y la presencia de un poder sobrenatural. Estamos en la víspera de un gran movimiento, que trasciende todos los procesos y métodos que fueron el fundamento de las culturas.

La incertidumbre que vive la sociedad de hoy, nos lleva a preguntarnos: ¿Qué alternativas existen que puedan llevarnos a la armonía con Dios y con nuestros semejantes? Son incontables las estrategias que los líderes mundiales han implementado para traer la paz, que tanto se anhele en todos los continentes del globo terráqueo.

Los sistemas gubernamentales han intentado favorecer el bienestar de sus constituyentes. El comunismo surgió y colapsó, el socialismo no

pudo echar raíces profundas y las dictaduras probaron ser ineficientes e incompetentes. Finalmente las democracias que parecían ser la solución para los pueblos, comienzan a mostrar fatiga y señales de desintegración.

Ante este cuadro tétrico: ¿Hacia dónde puede mirar la humanidad y encontrar una esperanza para su alma agitada y asechada constantemente por males espirituales? Males que dominan los baluartes materiales y físicos de este mundo. ¿Qué modelo pueden imitar y confiar, que les traiga la anhelada paz del alma, que tanto han buscado? Sería lo correcto decir desde una perspectiva puramente humana, que no existe tal modelo ni existirá en el futuro cercano. Todos los imperios se han levantado y caído, han florecido y se han mutilado, han obtenido la gloria y aterrizado en la nada.

Sin embargo existe un reino que desde sus comienzos marcó a sus constituyentes con una fuerza tan poderosa, que los enemigos una vez tras otra, cedían ante su empuje arrollador. Energía que se trasformó las interioridades más profundas del ser humanos. Su forma de pensar, sus actitudes y comportamientos fueron impactados, dejando una marca endeble en sus corazones. Su señal claramente visible confundía a sus contrincantes. Su idioma se había transformado, sus palabras

modificadas y su visión de futuro, una de extensión eterna.

El reino de Cristo revolucionó al mundo cuando comenzó en Jerusalén hace más de 2000 años y todavía sigue su avance arrollador, cambiando vidas y libertando corazones con la verdad. Ese poder que conocemos como el poder el Espíritu Santo, es la razón de la vida abundante, la armonía que viven los que han abrazado esta fe. No existe fuerza ni poder como el poder del Espíritu Santo. Fue el poder dado a la iglesia y con el cual en menos de dos años toda Asia menor había sentido sus efectos.

Ese es el poder que necesitamos para poder transformar las sociedades del siglo 21. No existe otro método o sistema capaz de darle a este mundo la paz anhelada. Es ese poder el cual mi amigo y compañero de milicia, pastor Laboy presenta en su cuarto libro. En forma bien documentada y respaldada por la palabra tanto de los profetas como de los discípulos de Jesús, hace una defensa de la necesidad de volver a la dependencia de ese poder. En su elaboración deja plasmados, sus convicciones bien arraigadas, que empezó a desarrollar a través de sus experiencias en la niñez.

Este documento es un instrumento que sirve como brújula para volvernos al camino de una verdadera revolución en nuestra sociedad. Si algo puede transformar nuestra cultura, es el volver a experimentar el poder del Espíritu Santo en todas sus manifestaciones.

Nuestro agradecimiento al pastor Laboy por su esfuerzo en mantener viva la única esperanza que la iglesia tiene para cambiar a este mundo. Sin el Espíritu Santo no habrá victoria, no existirá la reconciliación del hombre con Dios. Tampoco tendremos la armonía ni la paz que tanto se busca en estos tiempos. Una lectura con conciencia de esta obra, lo llevará a un encuentro maravilloso con la persona del Espíritu Santo.

*Rdo. William Hernández Ortiz*
Presidente / NHCLC Puerto Rico y el Caribe
Vice-Presidente Internacional / Iglesia de Dios
Pentecostal M.I.

# Apertura

Vivimos en un mundo obsesionado con el poder. El poder del dinero, el poder de la personalidad, el poder político. Los científicos hablan del poder nuclear. Los militares del poder de los armamentos. En fin vivimos en un siglo obsesionado con el poder, consiente del poder y mareado de poder.

"Espíritu Santo…Poder Detrás de la Historia" nos deja saber que el Señor Jesús nos ofrece el poder que puede cambiar tu destino eterno y ha cambiado el rumbo de la historia de millones de personas en el mundo. "Recibiréis poder" ¿Lo quieres? Aquí te decimos, como.

Es mi oración que este libro provoque en ti esa hambre y sed de ser lleno del Espíritu Santo. "Espíritu Santo…Poder Detrás de la Historia", sirva de desafío, reto, exhortación, motivación, edificación a la iglesia del Señor y para Gloria de Dios. Que a través de la lectura de estas páginas impresas se despierte en ti, unas ansias de conocer más y más, de este bendito y glorioso poder.

*"pero recibiréis poder, cuando haya venido sobre vosotros el Espíritu Santo,…"* Hechos 1:8 (RVR1960)

Con gozo del Espíritu Santo,

*Rafael Laboy Cruz*
Pastor del Gozo

# Introducción

¡ Qué tragedia tan atroz y vergonzosa se vive en muchas iglesias! Como resultado, muchos cristianos hoy día, al igual que los creyentes de Éfeso, desconocen sobre el regalo glorioso y poderoso de la llenura del Espíritu Santo.

*"Mientras Apolo estaba en Corinto, Pablo estuvo recorriendo las regiones altas. Y sucedió que, cuando llegó a Éfeso, se encontró con algunos discípulos y les preguntó: ¿Ustedes recibieron el Espíritu Santo cuando creyeron en el Señor Jesús? Y ellos respondieron:* **No, ¡ni siquiera habíamos oído hablar del Espíritu Santo!"** *Hechos 19:1-2 (RVC)*

En nuestra época muchos cristianos están inmersos en una ignorancia casi igual a los efesios. Trágicamente, en muchas ocasiones el Espíritu Santo, es olvidado, disminuido a un credo o pensamiento teológico. Lo aceptamos porque se encuentra en la Biblia, pero no tiene ninguna relevancia en nuestra vida diaria. Por lo que, la presencia del Espíritu Santo es totalmente menospreciada.

Si hacemos un riguroso estudio de la historia de la iglesia cristiana, encontraremos que la iglesia comenzó a ser impotente e ineficaz desde que dejó de creer, anhelar y pedir la promesa del bautismo en el Espíritu Santo. Así como los gálatas cayeron de la gracia, la iglesia cayó del Espíritu Santo cuando abandonó su fe en el ministerio poderoso del bautismo divino para confiar en las letras, los métodos y los recursos humanos. Todas las apostasías, las corrupciones, las divisiones, las fallas, los escándalos, las atrocidades y demás pecados cometidos por la iglesia en los siglos de su historia, han sido por su rechazo y menosprecio a la obra del Espíritu Santo.

En los púlpitos alrededor del mundo podemos escuchar enseñanzas de diversos temas, tales como, la prosperidad, discursos motivacionales, pensamiento positivo, sanidad interior, política, y economía. Sin embargo no oímos hablar, ni enseñar con la misma frecuencia de la necesidad y urgencia de ser llenos del Espíritu Santo; para ser testigos eficaces de Cristo. Esto ha provocado que muchos pierdan la oportunidad de recibir los beneficios y bendiciones abundantes del bautismo en el Espíritu Santo. El bautismo en el Espíritu Santo y el sacrificio de Cristo en la cruz son los más grandes dádivas o regalos

que Dios ha preparado y reservado para todos sus hijos, desde antes de la fundación del mundo.

En este tiempo, donde el bautismo en el Espíritu Santo ha sido olvidado o tenido en poco, y sólo una pequeña honra le es concedida, siento que hay en mí la inmensa y gran responsabilidad de afirmar esta doctrina, y enseñanza medular, cardinal de las Sagradas Escrituras. Tiemblo al adentrarme ante un tema como este, que a su vez me apasiona. Reconozco que es imposible agotar un tema tan extenso como el del bautismo en el Espíritu Santo. Sé que tengo mucho que aprender al respecto. Pero a pesar de ello y confiando en el auxilio y guíanza del Espíritu Santo, me aventuro en la exposición de este tema.

# I. El Secreto del Éxito

Los grandes retos y desafíos a los cuales nos enfrentamos en estos días, requieren de todas las habilidades espirituales, gracia, autoridad y poder que imparte el Espíritu Santo. Solo el Espíritu de Dios puede satisfacer las necesidades de la humanidad. Una de las bendiciones, gracias o dádivas que Dios ha dado a sus hijos y a la iglesia es el poder y la unción del Espíritu Santo. Su respaldo es indispensable para poder realizar su obra eficazmente.

La desgracia y desdicha de la iglesia contemporánea, es creer que las estructuras, los métodos, las programaciones, las habilidades intelectuales, la retórica y las técnicas de manipulación de las masas, pueden dar los mismos resultados que produce la llenura del Espíritu. Aun las técnicas motivacionales y de positivismo se quedan cortas para deshacer el señorío del enemigo, en lo seres humanos. Dejemos esto bien claro

ya: ¡para el Espíritu Santo no hay opciones ni sustitutos!

El escenario actual requiere de una iglesia poderosa en el Espíritu Santo. La situación existente de nuestro mundo no va a mejorar, no importa cuántos avances tecnológicos o científicos tengamos. Estamos conscientes que la maldad se ha multiplicado en la sociedad, en las comunidades y vecindarios de nuestro mundo moribundo.

La actitud indiferente, insensible y fría que muestran muchos llamados cristianos agrava al enfermo. Solo hombres llenos del Espíritu Santo, podrán afrontar estos grandes retos, y tornar hacia Dios a un mundo, que cada vez, se distancia más de Él.

El plan de Dios para llevar a cabo su obra y enfrentar los desafíos no ha cambiado. Es el mismo principio que le dio resultados a la iglesia primitiva. El secreto del éxito nos lo revela el mismo Señor:

*"pero recibiréis poder, cuando haya venido sobre vosotros el Espíritu Santo, y me seréis testigos en Jerusalén, en toda Judea, en Samaria, y hasta lo último de la tierra."*
*Hechos 1:8 (RVR1960)*

¿Qué vemos y aprendemos aquí? Que el secreto del éxito de los primeros cristianos fue

ser llenos del Espíritu Santo. Fueron revestidos de poder y autoridad. A tal grado fue el éxito, que se enfrentaron al sistema religioso y político de su tiempo, conquistando el Imperio Romano, uno de los más crueles y poderoso de toda la historia humana. No sólo fue así, sino que también alcanzaron el mundo conocido de aquel entonces, con el evangelio de Jesucristo. Así lo da a conocer el apóstol Pablo, en su carta a los Colosenses:

*"Ustedes se comportan así porque, desde que oyeron el mensaje verdadero de la buena noticia, saben bien lo que Dios les tiene guardado en el cielo.* **Esta buena noticia se está anunciando por todo el Imperio Romano, y está dando buenos resultados.** *Así ocurrió entre ustedes desde el día en que supieron de verdad cuánto los ama Dios."* Colosenses 1:5-6 (TLA)

*"Pero deben seguir creyendo esa verdad y mantenerse firmes en ella. No se alejen de la seguridad que recibieron cuando oyeron la Buena Noticia.* **Esa Buena Noticia ha sido predicada por todo el mundo,** *y yo, Pablo, fui designado servidor de Dios para proclamarla."* Colosenses 1:23 (NTV)

La iglesia de hoy, a pesar de poseer tantos medios de comunicación y tantos adelantos tecnológicos, esto sin mencionar su opulencia económica, ha sido incapaz de alcanzar el

mundo con el evangelio de Jesucristo. ¿Cuál será la razón de su incapacidad o impotencia? Creo que puedes anticipar la respuesta. Hemos menospreciado la necesidad y urgencia de ser llenos y bautizados en el Espíritu Santo. Confío que si tú aún no has recibido este don o este regalo divino, para nosotros, los hijos de Dios, comiences a desearlo, pedirlo y buscarlo con todo tu corazón. Estarás presto y listo para recibirlo. ¿Lo recibes? ¡Aleluya!

Necesitamos con urgencia de mujeres y hombres esforzados y valientes que estén dispuestos a mantener una vida de profunda comunión y consagración a Dios. Que sean llenos, ungidos e investidos del Espíritu Santo, para anunciarle a este mundo el poderoso mensaje que transforma, redime y salva. ¡Sólo Jesucristo Salva!

*"¡Sólo en Jesús hay salvación! No hay otro nombre en este mundo por el cual los seres humanos podamos ser salvos." Hechos 4:12 (PDT)*

Por medio de los evangelios, descubrimos; que toda la vida y ministerio del Señor Jesús, estuvo dirigida por el Espíritu Santo. Fue el Espíritu Santo, quien lo facultó y capacitó para cumplir su misión entre nosotros, los seres humanos. Veamos:

*"De cómo Dios ungió a Jesús de Nazaret con el Espíritu Santo y lo llenó de poder;* de cómo Jesús pasó por todas partes haciendo el bien y curando a todos los que padecían oprimidos por el diablo, porque Dios estaba con él."
Hechos 10:38 (BLPH)

Aquí notamos que el mismo Señor Jesús también necesitó ser lleno de poder. Ungido con el Espíritu Santo pudo llevar a cabo la obra que vino a realizar en este mundo. Sí, mi amado hermano, Jesús necesitó de esta investidura de poder; la virtud del Espíritu Santo, para ministrar con potestad y autoridad. Sólo así pudo realizar con éxito la obra bendita de redención. Así logró vencer y deshacer el poder del mismo enemigo y destruir su obra.

Si el mismo Jesús necesitó ser lleno del Espíritu Santo, ¡cuánto más usted y yo necesitamos ser revestidos, saturados y ungidos con el don del Espíritu Santo! ¡No lo tengamos en poco!

Tengamos presente qué, sólo los hombres y mujeres que han perturbado, trastornado y conquistado al mundo y al reino del adversario, el diablo, lo han logrado; porque se han llenado del poder y la unción del Espíritu Santo. Es la llenura, el revestimiento de poder y la unción del Espíritu Santo, lo que nos

capacitará para salir victoriosos en cada desafío y reto que nos enfrentemos.

**Lectura, análisis y compresión del texto.**

Capítulo I   El Secreto del Éxito:

1. ¿Qué cualidades imparte el Espíritu Santo?

2. Enumere 4 razones por las cuales la iglesia no ha  tenido el éxito deseado.

3. ¿Puede la iglesia tener éxito sin el respaldo del Espíritu Santo? Explique.

4. ¿Cómo se demuestra que la primera iglesia pastoreada por los apóstoles tuvo éxito?

## II.  Sin Dinero y Sin Precio...

Es el deseo, el anhelo del Señor que sus hijos, es decir usted y yo, seamos llenos, investidos, bautizados con el Espíritu Santo. Porque este es uno de los regalos de Dios para ti y para mí, que somos sus hijos. Nosotros que hemos creído, recibido y confesado como Salvador de nuestras vidas a Jesucristo.

*"Pero a los que lo aceptaron y creyeron en él, **les dio el derecho de ser hijos de Dios."***
*San Juan 1:12 (PDT)*

El bautismo del Espíritu Santo, es un don, una dádiva, un regalo gratuito que nos llega o nos es dado por la pura gracia de Dios. Así lo expresó el apóstol Pedro, en su mensaje el día de Pentecostés, a la multitud que le escuchaba:

*"Pedro les dijo: Arrepentíos, y bautícese cada uno de vosotros en el nombre de Jesucristo para perdón de los pecados; **y recibiréis el don del Espíritu Santo."** Hechos 2:38 (RVR1960)*

*"Pedro contestó: Cada uno de ustedes debe arrepentirse de sus pecados y volver a Dios, y ser bautizado en el nombre de Jesucristo para el perdón de sus pecados.* **Entonces recibirán el regalo del Espíritu Santo.***"* Hechos 2:38 (NTV)

Estas palabras inspiradas y ungidas por el Espíritu Santo, pronunciadas por el apóstol Pedro, están cónsonas con el sentir y el anhelo del Señor Jesús, cuando les reveló a sus discípulos que pronto Él se iría, pero que no les dejaría huérfanos:

*"Y yo rogaré al Padre,* **y él les dará otro Consolador,** *para que esté con ustedes para siempre:"* San Juan 14:16 (RVC)

*"Pero cuando venga el Consolador, el Espíritu de verdad, el cual procede del Padre* **y a quien yo les enviaré de parte del Padre,** *él dará testimonio acerca de mí."* San Juan 15:26 (RVC)

Confío que usted, al leer los versos anteriores, se haya percatado de que nada tenemos que pagar para apropiarnos del don del Espíritu Santo. Los textos dicen, **dará y enviaré,** por lo tanto es totalmente gratuito, de pura gracia.

Hubo un hombre, que viendo cómo Dios bautizaba con Espíritu Santo a sus conciudadanos, por medio de la imposición de manos de los Apóstoles, se atrevió a ofrecer dinero con el propósito de comprar el don, la

dádiva y el regalo de Dios. Veamos: *"Al ver Simón que la gente recibía el Espíritu Santo cuando los apóstoles les ponían las manos sobre la cabeza, les ofreció dinero a los apóstoles y les dijo: Denme ese mismo poder que tienen ustedes. Así yo también podré darle el Espíritu Santo a quien le imponga las manos.*

*Pero Pedro le respondió: ¡Vete al infierno con todo y tu dinero! ¡Lo que Dios da como regalo, no se compra con dinero!"* Hechos 8:18-20 (TLA)

En este mundo que todo gira en torno al dinero, pues todo lo que se quiere, se consigue, se compra con dinero, hasta la integridad y la moral de muchos. Simón el Mago quiso adquirir, comprar con dinero el don del Espíritu Santo. Contemplaba con avaricia, la gran posibilidad de obtener nuevos poderes, nuevos secretos que otros no sabían, para agregar a su inventario de artes mágicas. Porque los magos y hechiceros se compraban secretos y artes de magia los unos de los otros. Simón fue cegado por la tentación de ganar más poder, más fama, más dinero y ser nuevamente aclamado, y admirado por las multitudes. Su fama y popularidad habían desaparecido con la llegada de estos hombres ungidos, llenos del don del Espíritu Santo. ¡Imponían sus manos sobre los nuevos convertidos y eran bautizados, investidos con poder de lo alto! Tenía que obtener medios

nuevos para maravillar, engañar a la gente; para ganar dinero y fama. Por eso, ante la oferta del atrevido, irrespetuoso e irreverente mago; que quería usar los regalos de Dios, para su propio beneficio, Pedro le respondió:

"¡Vete al infierno con todo y tu dinero! **¡Lo que Dios da como regalo, no se compra con dinero!"** ¡ALELUYA!

El don del Espíritu Santo así como la Salvación, son regalos que Dios nos hace y no hay dinero suficiente en todo este mundo, que pueda comprar los regalos de Dios. ¡No podemos comprar lo que ya ha sido comprado por Cristo en la cruz y que ahora es gratuito, para los hijos de Dios!

*"Cuando Dios los salvó, en realidad los compró, y el precio que pagó por ustedes fue muy alto. Por eso deben dedicar su cuerpo a honrar y agradar a Dios." 1 Corintios 6:20 (TLA)*

*"Pero ustedes saben muy bien que el precio de su libertad no fue pagado con algo pasajero como el oro o la plata, sino con **la sangre preciosa de Cristo,** quien es como un cordero perfecto y sin mancha." 1 Pedro 1:18-19*

Así que, no pongas tu confianza en el dinero de este mundo. Acepta con agradecimiento, el don gratuito que Dios te ofrece. Échale mano, recíbelo y gózate con las dadivas, bendiciones

de tu Dios, Señor y Salvador. Por tanto, ¡sé lleno del Espíritu Santo!

**Lectura, análisis y compresión del texto.**

Capítulo II.   Sin Dinero y sin Precio

1. ¿Por qué no se puede comprar el poder del Espíritu Santo?
2. ¿Por qué se equivocó Simón el mago?
3. ¿Qué veía Simón en ese poder?
4. ¿Quién pagó por el regalo del Espíritu Santo? ¿Cómo?

# III. Del Agua y del Espíritu...

C omo vemos en las Sagradas Escrituras, el Espíritu Santo jugó, ocupó un lugar sobresaliente en toda la vida de nuestro Señor y Salvador Jesucristo. Vemos, que nació, como producto de la intervención del Espíritu Santo. Cuando el ángel Gabriel se presentó delante de María; le habló de la concepción y encarnación de Jesús.

*"Respondiendo el ángel, le dijo:* **El Espíritu Santo vendrá sobre ti, y el poder del Altísimo te cubrirá con su sombra;** *por lo cual también el Santo Ser que nacerá, será llamado Hijo de Dios." Lucas 1:35 (RVR1960)*

Grande y profundo es lo que aquí se nos dice y se nos revela. La mente humana y finita no alcanza comprender este misterio. Con razón exclamó Pablo:

*"Y sin falta,* **grande es el misterio de la piedad: Dios se ha manifestado en carne;** *ha sido justificado con el Espíritu; ha sido visto de los Ángeles; ha sido predicado a los gentiles; ha sido creído*

*en el mundo; ha sido recibido en gloria."*
*1 Timoteo 3:16(JBS)*

Volviendo a ese momento glorioso, que no podemos comprender; la profundidad y el misterio espiritual aquí manifiesto, hallamos una revelación divina. ¿Cuál es? Veamos:

Igualmente como Él nació por obra del Espíritu Santo, nosotros también. Nacemos espiritualmente, por obra del Espíritu Santo. Esto lo vemos más claramente en el encuentro de Nicodemo, maestro del Sanedrín, con Jesús. En el evangelio de Juan, capítulo 3, encontramos el relato de ese encuentro y las palabras que aún resuenan en los oídos de toda nueva criatura.

**"Te aseguro que si una persona no nace de nuevo no podrá ver el reino de Dios."**
*San Juan 3:3(TLA)*

Aquí nos habla del nacimiento espiritual, esa nueva vida, nueva creación o nueva criatura que engendra e implanta el Espíritu Santo, por medio de Jesucristo. Pero permitamos que Nicodemo y Jesús nos den más detalles de su plática, de su conversación.

*"Una noche, un fariseo llamado Nicodemo, que era líder de los judíos, fue a visitar a Jesús y le dijo: Maestro, sabemos que Dios te ha enviado a enseñarnos, pues nadie podría hacer los milagros que tú*

*haces si Dios no estuviera con él. Jesús le dijo:* **Te aseguro que si una persona no nace de nuevo no podrá ver el reino de Dios.** *Nicodemo le preguntó: ¿Cómo puede volver a nacer alguien que ya es viejo? ¿Acaso puede entrar otra vez en el vientre de su madre? Jesús le respondió:* **Te aseguro que si uno no nace del agua y del Espíritu, no puede entrar en el reino de Dios.** *Todos nacen de padres humanos; pero los hijos de Dios sólo nacen del Espíritu. No te sorprendas si te digo que hay que nacer de nuevo. El viento sopla por donde quiere, y aunque oyes su sonido, no sabes de dónde viene ni a dónde va.* **Así también sucede con todos los que nacen del Espíritu."** *San Juan 3:1-8 (TLA)*

La obra del Espíritu Santo, sobre nuestra naturaleza humana es tan misteriosa como lo es el viento. Así es, tan silenciosa e invisible, sin embargo, fuerte e irresistible.

El Señor enseña a este maestro religioso que para ser partícipe del reino de los cielos, necesita nacer de nuevo, pero como obra, o fruto glorioso del Espíritu Santo. Así como el Espíritu Santo, hizo sombra sobre María y se formó aquel Ser espiritual, igualmente en nosotros es formado, e implantado un nuevo ser espiritual como resultado del Espíritu Santo… **"pero los hijos de Dios sólo nacen del Espíritu."**

Ciertamente grande es este misterio: la manera y el modo en que esto se produce en nosotros. Muy bien lo dijo Jesús:

*"El viento sopla por donde quiere, y aunque oyes su sonido, no sabes de dónde viene ni a dónde va. Así* **también sucede con todos los que nacen del Espíritu.** *" San Juan 3: 8 (TLA)*

**"pero a todos los que creyeron en él y lo recibieron, les dio el derecho de llegar a ser hijos de Dios.** *Ellos nacen de nuevo, no mediante un nacimiento físico como resultado de la pasión o de la iniciativa humana, sino* **por medio de un nacimiento que proviene de Dios."** *San Juan 1:12-13 (NTV)*

Notamos claramente, que el nuevo nacimiento, la nueva creación que en nosotros ha sido implantada, es un acto divino producido, emanado del Espíritu Santo. Como resultado de nuestro creer y recibir a Cristo en nuestra vida, Dios nos da la potestad, el derecho de ser hechos hijos de Dios; porque Dios, Espíritu Santo, lo engendra espiritualmente.

**"Pero a quienes lo recibieron y creyeron en** *él,* **les concedió el privilegio de llegar a ser hijos de** *Dios.* **Y son hijos de Dios,** *no por la naturaleza ni los deseos humanos, sino* **porque Dios los ha engendrado."** *San Juan 1:12-13 (DHH)*

42

Somos hijos de Dios porque Él nos da la vida espiritual, ¡una vida espiritual nunca antes conocida, experimentada y vivida! Se hacen realidad estas hermosas y poderosas palabras:

**"De modo que si alguno está en Cristo, nueva criatura es;** *las cosas viejas pasaron; he aquí todas son hechas nuevas."*
2 Corintios 5:17 (RVR1960)

**"Ahora que estamos unidos a Cristo, somos una nueva creación.** *Dios ya no tiene en cuenta nuestra antigua manera de vivir, sino* **que nos ha hecho comenzar una vida nueva. Y todo esto viene de Dios."**
2 Corintios 5:17 (TLA)

El Espíritu Santo no solo realiza esta obra divina, sino que también nos inserta y nos une al cuerpo de Cristo, la Iglesia. Es la obra de gracia que el apóstol Pablo llamó el bautismo.

*"La iglesia de Cristo es como el cuerpo humano. Está compuesto de distintas partes, pero es un solo cuerpo. Entre nosotros, unos son judíos y otros no lo son. Algunos son esclavos, y otros son personas libres.* **Pero todos fuimos bautizados por el mismo Espíritu Santo, para formar una sola iglesia y un solo cuerpo. A cada uno de nosotros Dios nos dio el mismo Espíritu Santo."** *1 Corintios 12:12-13 (TLA)*

Algunos confunden este texto. Lo usan como argumento para decir que ellos no necesitan buscar o recibir el bautismo del Espíritu Santo, el bautismo de Pentecostés, porque ya han sido bautizados.

Este bautismo del Espíritu Santo, no lo podemos confundir con el bautismo de poder, de fuego; que ocurrió en el día de Pentecostés. El cual nos ha sido prometido como regalo, para ser un testigo eficaz de Cristo. Aquí se refiere más bien al bautismo del Espíritu Santo, por el cual los creyentes somos insertados, somos unidos al cuerpo de Cristo que es su Iglesia. Haciéndonos espiritualmente uno con otros creyentes cuando aceptamos, recibimos y confesamos a Cristo como Salvador. Aquí vemos el principio de unidad dentro de la diversidad, en la Iglesia.

Teniendo este punto claro, continuemos y veamos que aquel Santo Ser, que fue fruto directo del Espíritu Santo, precisó y urgió ser lleno del divino poder. Válido es preguntarnos, ¿Por qué? Porque para la obra de redención, el ministerio que Él vino a realizar, era imprescindible un revestimiento de poder, la llenura y unción del Espíritu Santo. Todo el ministerio de Cristo y sus grandes manifestaciones de poder, giraron en torno a esta realidad tan significativa.

Fue en el río Jordán, donde fue bautizado en agua por Juan el Bautista, que Jesús, fue lleno del Espíritu Santo.

*"Cierto día, Jesús llegó de Nazaret de Galilea, y Juan lo bautizó en el río Jordán. Cuando Jesús salió del agua,* **vio que el cielo se abría y el Espíritu Santo descendía sobre él como una paloma."** *Marcos 1:9-10 (NTV)*

**"Jesús, lleno del Espíritu Santo,** *regresó del río Jordán." Lucas 4:1 (PDT)*

Este verso o texto nos prueba sin lugar a dudas que el Hijo de Dios, el cual nació sin pecado y vivió una vida en completa obediencia al Padre; necesitó recibir, ser lleno del Espíritu Santo. Fue así que pudo hacerle frente al mismo diablo y a sus tentaciones, venciéndolo en el desierto. Fue necesario además, para realizar el ministerio y la obra que el Padre celestial le encomendó. Si Jesús necesitó ser lleno del Espíritu Santo, ser investido de la unción de poder; entonces no hay otra forma de realizar la obra que Él nos ha confiado y mucho menos vivir una vida abundante y victoriosa, si no estamos llenos del Espíritu Santo.

El Señor entendió que el dínamo y el poder de su ministerio fue el Espíritu Santo y por eso

en su primer mensaje dado en la sinagoga de Nazaret, dijo:

*"El Espíritu del Señor está sobre mí, Por cuanto me ha ungido para dar buenas nuevas a los pobres; Me ha enviado a sanar a los quebrantados de corazón; A pregonar libertad a los cautivos, Y vista a los ciegos; A poner en libertad a los oprimidos; A predicar el año agradable del Señor."*
*Lucas 4:18-19 (RVR1960)*

Aquí vemos que Jesús reconoce que el Espíritu del Señor estaba sobre Él y que había sido ungido. Esta declaración confirma que fue lleno del Espíritu Santo, de poder, para realizar la obra que le fue encomendada. La parte humana tenía que depender de la ayuda y del poder del Espíritu Santo. Fue solo como hombre ungido que Él pudo vivir, servir y proclamar el evangelio.

Si el Hijo de Dios no comenzó su ministerio público, hasta ser lleno y ungido con el poder de lo alto, ¡cuán ignorantes seríamos, atrevidos y presuntuosos, si pretendemos realizar el ministerio confiando en nuestras propias fuerzas y habilidades!

El apóstol Pedro fue enviado y llevado a la casa de Cornelio el Centurión, quien fuera un oficial romano. Estando allí presentándole el

evangelio, confirmó que Jesús fue ungido y lleno de poder en el Espíritu Santo:

*"Y saben que **Dios ungió a Jesús de Nazaret con el Espíritu Santo y con poder.** Despúes Jesús anduvo haciendo el bien y sanando a todos los que eran oprimidos por el diablo, porque Dios estaba con él."* Hechos 10:38(NTV)

Podemos ver en la vida de Jesús, que Él dependía del Espíritu Santo, para realizar sanidades, milagros y liberación de los endemoniados, así como para predicar las buenas nuevas de salvación. De igual modo, nosotros debemos copiar su ejemplo, hemos nacido del Espíritu como Él, (el nuevo nacimiento), hemos sido bautizados por el mismo Espíritu, (hemos sido insertados, unidos al cuerpo de Cristo, la Iglesia), igualmente tenemos que ser bautizados en el Espíritu Santo, (ser llenos, ungidos por el Espíritu Santo).

Concluyo entonces, que nadie podrá llevar a cabo, echar hacia adelante con éxito y eficacia la tarea, la misión que el Señor nos encomendó, si primero no es ungido y llenos del Espíritu Santo. Es imprescindible, urgente, estar revestido del poder de lo alto, del dínamo divino para obtener el éxito, la victoria.

Entonces se cumplirá en nosotros, **"porque Dios estaba con él."**

## Lectura, análisis y compresión del texto.

Capítulo III. Del Agua y del Espíritu

1. ¿Cómo explicarías el misterio del nuevo nacimiento?

2. ¿Cómo somos insertados en el cuerpo de Cristo, que es la iglesia?

3. ¿Cuál es la diferencia entre el bautismo de fuego y poder y el que nos une a la iglesia?

4. ¿Por qué Cristo necesitó ser ungido y revestido del poder de lo alto?

# IV. La Promesa

Es interesante saber que en el Antiguo Testamento, la gran promesa fue que de la simiente de la mujer saldría el Salvador, el Redentor de la humanidad, Cristo Jesús.

*"Pondré enemistad entre tú y **la mujer,** y entre tu simiente y la de ella; **su simiente te aplastará la cabeza,** pero tú le morderás el talón."*
*Génesis 3:15 (NVI)*

Este versículo contiene la primera promesa implícita del plan de redención de Dios para el mundo, para la humanidad. Aquí encontramos en forma abreviada, resumida, toda la riqueza, misericordia, dolor y gloria de la obra redentora. Dios prometió traer un Redentor de la simiente de la mujer, quien sería completamente humano, pero engendrado y concebido divinamente.

*"He **aquí, la virgen concebirá y dará a luz un Hijo,** y le pondrán por nombre Emmanuel,"* que

*traducido significa: "Dios con nosotros."*
*Mateo 1:23 (NBLH)*

**"Y a tu simiente, la cual es Cristo."**
*Gálatas 3:16 (JBS)*

*"Pero, al llegar el momento cumbre de la historia,*
**Dios envió a su Hijo, nacido de mujer,…"**
*Gálatas 4:4 (BLPH)*

Estos textos, entre muchos, evidencian el cumplimiento de aquella profecía o promesa de redención en Cristo Jesús. ¡Aleluya!

En el Nuevo Testamento, encontramos que la gran promesa fue la llegada del Espíritu Santo:

*"Ahora enviaré al Espíritu Santo, tal* **como prometió mi Padre;…"**
*Lucas 24:49 (NTV)*

*"Y reuniéndolos, les mandó que no salieran de Jerusalén (Ciudad de Paz), sino que esperaran* **la promesa del Padre:** *"La cual," les dijo, "oyeron de Mí;" Hechos 1:4 (NBLH)*

Aquí vemos la gran promesa del Nuevo Testamento, el envío del Espíritu Santo, promesa hecha por el Padre y afirmada por Jesús.

**"Y fueron todos llenos del Espíritu Santo,** *y comenzaron a hablar en otras lenguas, como el Espíritu Santo les daba que hablaran."*
*Hechos 2:4 (JBS)*

*"Así que, exaltado por la diestra de Dios, y* **habiendo recibido del Padre la promesa del Espíritu Santo,** *ha derramado esto que vosotros veis y oís." Hechos 2:33 (RVR1960)*

Aquí vemos el cumplimiento de la promesa, que revestiría de poder aquellos primeros discípulos, hecha por el Padre y reiterada por Jesús. Es una promesa que permanece para todos los que son hijos espirituales y piden, desean, anhelan el bautismo del Espíritu Santo. La buena noticia para nosotros hoy es; que ha sido promesa cumplida. Solo tenemos que creerla, pedirla y recibirla. ¡Gloria a Dios!

*"Así que si ustedes, gente pecadora,* **saben dar buenos regalos a sus hijos,** *cuánto más* **su Padre celestial dará el Espíritu Santo a quienes lo pidan."** *Lucas 11:13 (NTV)*
¡Amén…!

Permítame añadir o ampliar lo que hasta aquí expresado, en torno al término la promesa. El concepto promesa, es la traducción de la palabra griega "epaggelía", la cual aparece cincuenta y tres ocasiones en el Nuevo Testamento. Destaco, y acentúo que la misma está asociada con el bautismo y la llenura del Espíritu Santo. Esta experiencia aparece en el Nuevo Testamento como:

- *"la promesa del Padre"* Lucas 24:49, Hechos 1:4
- *"la promesa"* Hechos 2:39
- *"la promesa del Espíritu Santo"* Hechos 2:33
- *"la promesa del Espíritu"* Gálatas 3:14
- *"el Espíritu Santo de la promesa"* Efesios 1:13

De manera que el vocablo promesa, es un término frecuente y asociado con el bautismo en el Espíritu Santo.

El apóstol Pedro, en el mensaje que dio el día de Pentecostés, vió el cumplimiento de lo que Dios había prometido por medio del profeta Joel:

*"Después de esto, derramaré mi Espíritu sobre toda la humanidad. Sus hijos e hijas profetizarán, los ancianos tendrán sueños, y los jóvenes tendrán visiones."* Joel 2:28(PDT)

*"Lo que pasa es que hoy **Dios ha cumplido lo que nos prometió, cuando por medio del profeta Joel dijo:**"* Hechos 2:16 (TLA)

Debemos reconocer que no fue únicamente por medio del profeta Joel, que Dios había prometido enviar su Espíritu Santo. También lo hizo por medio del profeta Isaías:

*"Pues derramaré agua para calmar tu sed y para regar tus campos resecos; **derramaré mi Espíritu**"*

**sobre tus descendientes,** *y mi bendición sobre tus hijos." Isaías 44:3(NTV)*

De igual forma lo hizo, a través del profeta Ezequiel.

**"Y pondré dentro de vosotros mi Espíritu,** *y haré que andéis en mis estatutos, y guardéis mis preceptos, y los pongáis por obra." Ezequiel 36:27(RVR1960)*

He resaltado que en el Antiguo Testamento, por medio de los profetas considerados, Dios prometió que enviaría su Espíritu Santo. Teniendo cumplimiento esto, el día de Pentecostés.

La obra de Jesús de bautizar en el Espíritu Santo a los creyentes y a sus hijos espirituales, es el cumplimiento de todas esas promesas.

¿Qué más podemos aprender, sobre la promesa del Espíritu Santo? Veamos:

- *El que toma la iniciativa para el bautismo en Espíritu Santo es Dios.*
- *Es un ofrecimiento gratuito que no está condicionado a mérito personales, aunque hay requisitos. Hechos 2:38*
- *Es universal, es decir, no está limitado a un pueblo, raza, posición social ni edad, o a una época en particular. Hechos 2:39.*
- *Es permanente; así como la vida eterna, que es una promesa inmutable. Tiene vigencia*

*mientras el Evangelio sea proclamado. De la misma manera el Espíritu Santo; es decir, el Dios que ha ofrecido salvar, es el mismo que prometió bautizar, en el Espíritu Santo.*

La promesa del Padre y de Jesús el Hijo, es el don, es el regalo para que los suyos tengan poder y sean testigos hasta lo último de la tierra. Esta bendición como sabemos, no se limitó a los 120 que la recibieron el día de Pentecostés, en el Aposento Alto. Para nosotros también es esta promesa, esta bendición, **"para todos los que nuestro Dios quiera salvar".** No es correcto que esta promesa se haya limitado únicamente a los primeros cristianos, ni a los del primer siglo, como enseñan o creen algunos.

*"Esta promesa es para ustedes y para sus hijos,* **y para todos los que nuestro Dios quiera salvar en otras partes del mundo."**
*Hechos 2:39 (TLA)*

Recuerdo un coro Pentecostal, que cantábamos mucho en el pasado:

Si me bautizas Señor con ese fuego,
con ese santo fuego pentecostal.
Yo seré ungido con ese aceite fresco,
para tu nombre yo poder testificar.
Si me bautizas Señor yo te prometo,

ser un testigo de tu causa, Jesús.
Ven fuego santo ven,
ven que te espero hoy,
ven llena mi alma de esa virtud.

Que este sea tu anhelo también y tu clamor. Dios sigue bautizando hoy, a sus hijos con su Espíritu Santo, para que sean testigo al mundo y sirvan a la Iglesia. ¿Tú has sido salvado por el Señor? Entonces recibe el don del Espíritu Santo, porque también, para ti es esta promesa, este regalo. ¡Recíbelo en el nombre de Jesús…Ahora!

**Lectura, análisis y compresión del texto.**

Capítulo IV.    La Promesa

1.  ¿Qué promete Dios en Génesis 3:15?
2.  ¿Qué gran promesa se cumplió en el Nuevo Testamento?
3.  ¿Puedes enumerar 5 citas del Nuevo Testamento, con relación a la promesa?
4.  ¿Qué características tiene la promesa?

# V. El Bautismo

L a llegada del Consolador en el día de Pentecostés es la presentación oficial y formal que Dios hace de su Iglesia al mundo natural y al mundo espiritual. De esta manera, Dios marcó el tiempo de la Iglesia como la "Era del Espíritu". La era de los Evangelios es definida por muchos, como la "Era del Hijo". El Antiguo Testamento es señalado como la "Era del Padre".

Esta "Era del Espíritu", que es el tiempo de la Iglesia, se caracteriza porque en ella se ha otorgado uno de los regalos o dones más preciosos y valiosos de Dios; el bautismo del Espíritu Santo.

*"Cuando llegó el día de Pentecostés, estaban todos unánimes juntos. Y de repente vino del cielo un estruendo como de un viento recio que soplaba, el cual llenó toda la casa donde estaban sentados; y se les aparecieron lenguas repartidas, como de fuego, asentándose sobre cada uno de ellos. Y fueron todos llenos del Espíritu Santo, y comenzaron a hablar en otras lenguas,*

*según el Espíritu les daba que hablasen."*
*Hechos 2:1-4 (RVR1960)*

El bautismo en el Espíritu Santo es esa llenura, investidura de poder que experimenta el creyente cuando recibe el Espíritu Santo. Va acompañada de hablar en lenguas espirituales. Así lo hemos leído, conforme lo describe el libro de los Hechos. Esta experiencia inicial de ser "llenos" del Espíritu Santo es, por tanto, sinónimo de ser "bautizados" en el Espíritu Santo.

Lamentablemente, ha habido mucha confusión en el mundo cristiano con relación al regalo del bautismo del Espíritu Santo. Por el desconocimiento de lo que es el bautismo en el Espíritu Santo, muchos cristianos han perdido y siguen perdiendo tan importante bendición para sus vidas.

Una razón por la cual muchos cristianos se confunden con esta experiencia del bautismo del Espíritu Santo, es por la gran diversidad de términos usados para describir y explicar esta experiencia celestial. Son simples intentos por parte de los escritores bíblicos para ayudarnos a entender mejor el significado de esta bendita y gloriosa experiencia. Expresiones como "bautizado", "lleno", "revestido" y otras, ponen énfasis en que el creyente está

enteramente inmerso, dominado o gobernado por el Espíritu Santo.

Como quiera que uno designe esta bendita experiencia del Espíritu, nunca debiéramos interpretarlo como que el creyente con anterioridad a ese momento, no tenía el Espíritu Santo haciendo morada en él. ¡Un creyente sin el Espíritu Santo es una contradicción de conceptos! Pero es posible, que un creyente no esté experimentando la obra de poder del Espíritu Santo y su plenitud, denominada el bautismo en el Espíritu Santo. Algunos suelen llamarle a esta gloriosa experiencia espiritual, una segunda obra de gracia del Espíritu Santo.

Indistintamente, como podamos llamar, identificar esta gloriosa llenura del Espíritu, nosotros los Pentecostales le llamamos: "Bautismo en el Espíritu Santo." Porque es la manera que Jesús le llamó. Juan el Bautista, también lo hizo y es el nombre bíblico con el cual se le denomina o llama. Cuando así lo hacemos, estamos sobre terreno seguro y firme, bíblicamente hablando. Veamos:

*"Yo a la verdad os bautizo en agua para arrepentimiento; pero el que viene tras mí, cuyo calzado yo no soy digno de llevar, es más poderoso que yo; **él***

*os bautizará en Espíritu Santo y fuego."*
*Mateo 3:11(RVR1960)*

*"Yo a la verdad os he bautizado con agua; pero **él os bautizará con Espíritu Santo."***
*Marcos 1:8(RVR1960)*

*"respondió Juan, diciendo a todos: Yo a la verdad os bautizo en agua; pero viene uno más poderoso que yo, de quien no soy digno de desatar la correa de su calzado; **él os bautizará en Espíritu Santo y fuego."** Lucas 3:16(RVR1960)*

*"Y yo no le conocía; pero el que me envió a bautizar con agua, aquél me dijo: **Sobre quien veas descender el Espíritu y que permanece sobre él, ése es el que bautiza con el Espíritu Santo."** San Juan 1:33(RVR1960)*

Como hemos visto el bautismo en el Espíritu Santo, le fue revelado y fue profetizado por Juan el Bautista. Aún más, también le fue mostrado y enseñado que quien bautizaría a los creyentes con el Espíritu Santo, sería el Señor Jesucristo. Debo enfatizar en esta gran verdad Escritural; el ministerio de Cristo es bautizar con el Espíritu Santo y sigue efectivo y vigente en la actualidad, es decir hoy en día. Síii… es el Señor Jesús quien sigue en el presente, bautizando con Espíritu Santo y fuego.

Esto queda demostrado cuando miramos el original, es decir, el texto griego, cuando el apóstol Juan dijo: **"el que bautiza con el Espíritu Santo."** Esta expresión usa el pretérito perfecto compuesto del modo indicativo; (jo baptizón). Significa **"aquel que seguirá bautizando con el Espíritu Santo".** ¡ALELUYA! Evidentemente, esto demuestra el importante papel y ministerio de Jesús como el "Bautizador", (baptizador), el que bautiza en el Espíritu Santo, hoy. Tenemos que tener bien claro esto, para poder enseñar y proclamar que Jesucristo es el único que bautiza con el Espíritu Santo.

Continúo con el análisis, porque hay mucha información que considerar. Si observamos detenidamente, nos percataremos de que en los Evangelios no hay citas adicionales con el término, "bautizar con el Espíritu Santo." Las próximas citas las hallaremos en el libro de Hechos, que es la historia de los discípulos y la Iglesia recibiendo la investidura, el mismo bautismo de poder que Jesús recibió, para hacer lo que Jesús hizo. Aún más, con la promesa de hacer y realizar, cosas mayores y más grandes que las que Él hizo. ¡AMEN!

*"De cierto, de cierto os digo: El que en mí cree, las obras que yo hago también él las hará; y **mayores***

*que éstas hará; porque yo voy al Padre. "*
*San Juan 14:12 (JBS)*

Poco antes de Jesús ascender al cielo les hizo una encomienda muy importante a sus discípulos. Después de ellos haber sido entrenados personalmente por Él, es decir por el "Maestro de maestros", cualquiera pudiera pensar que ya ellos estaban totalmente listos y preparados para realizar la obra que les había encomendado.

Precisamente, este es el gran error de muchas denominaciones e iglesias en la actualidad, los cuales sustituyen el poder de Dios por diplomas y conocimiento intelectual. No se me mal interprete, creo firmemente en esa preparación intelectual, esa formación profesional. Soy estudioso también. Soy parte del Consejo Educativo Teológico, de la prestigiosa escuela formadora de profetas, de mayor tiempo del Pentecostalismo Puertorriqueño y Latinoamericano; la Universidad Pentecostal Mizpa. Sin embargo, creo, que un grado universitario, nunca puede ir en menoscabo, en contra o en substitución del poder, el bautismo y la guianza del Espíritu Santo, como veremos; los discípulos tenían más de tres años de enseñanza teórica y práctica, las cuales Jesús complementó con un

seminario intensivo de cuarenta días antes de irse al cielo, conforme a Hechos 1:1-3 (NTV).

*"Teófilo, en mi primer libro te relaté todo lo que* ***Jesús comenzó a hacer y a enseñar hasta el día que fue llevado al cielo,*** *después de haberles dado a sus apóstoles escogidos instrucciones adicionales por medio del Espíritu Santo.* ***Durante los cuarenta días*** *posteriores a su crucifixión, Cristo se apareció varias veces a los apóstoles y les demostró con muchas pruebas convincentes que él realmente estaba vivo.* ***Y les habló del reino de Dios."***

Pero evidentemente el Señor Jesús consideró que todo esto no era suficiente. Él les impartió instrucciones nuevas de lo que debían hacer, si querían recibir el diploma divino de poder que les garantizaría la victoria sobre el imperio de maldad y sobre el mundo.

*"Y reuniéndolos, les mandó que no salieran de Jerusalén (Ciudad de Paz), sino que esperaran la promesa del Padre: "La cual," les dijo, "oyeron de Mí; porque Juan bautizó con agua,* ***pero ustedes serán bautizados con el Espíritu Santo dentro de pocos días."*** *Hechos 1:4-5 (NBLH)*

Estos versos bíblicos establecen claramente cuándo esta bendición espiritual y celestial tomaría lugar, **"dentro de pocos días"**. Diez días después fue la gran fiesta de Pentecostés, cuando se cumplió la promesa tan esperada,

de la cual Jesús les había hablado que serían "bautizados con el Espíritu Santo":

**"Cuando llegó el día de Pentecostés,** *estaban todos unánimes juntos. Y de repente vino del cielo un estruendo como de un viento recio que soplaba, el cual llenó toda la casa donde estaban sentados; y se les aparecieron lenguas repartidas, como de fuego, asentándose sobre cada uno de ellos, y comenzaron a hablar en otras lenguas, según el Espíritu les daba que hablasen." Hechos 2:1-4(RVR1960)*

¡ALELUYA!

Este fue el día escogido por Dios, ¡Pentecostés! Día en que fueron llenos, revestidos y ungidos del poder divino. Las palabras "bautizado", "bautismo" no son utilizadas aquí en la narrativa de la experiencia de los discípulos, en el día de Pentecostés. Sin embargo queda perfectamente claro, que el derramamiento del Espíritu Santo, en aquel día, fue el cumplimiento de lo dicho por Jesús. **"Y fueron todos llenos del Espíritu Santo,".** Poder que les capacitó para establecer el Reino de Dios en los corazones de los hombres y destruir las obras de las tinieblas.

Considero pertinente señalar algunos datos importantes aquí. **La expresión "bautizados con el Espíritu Santo",** en particular la

preposición **"con"**, en el griego es "en", que significa **"dentro"**. La preposición "con" debe ser traducida **"en"**.

La razón por la cual se ha usado **"con"** y no **"en"** es porque la versión inglesa del Rey Jacobo, "King James", fue preparada por eruditos anglicanos. Como la iglesia anglicana bautiza por aspersión, usaron la preposición "con" que se presta mejor, para el bautismo por aspersión. Lamentablemente, las versiones castellanas de la Biblia siguieron la traducción del Rey Jacobo y conservaron el **"con"** en lugar de usar **"en"**. Juan Bautista bautizaba "en" agua; Cristo bautiza "en" el Espíritu Santo y fuego. Este bautismo Santo y de fuego es la señal y el rasgo distintivo de los seguidores del Señor.

Aprovechando que estamos mirando detalles muy significativos relacionados al concepto bautismo, es bueno que conozcamos un poco más este concepto. La palabra bautismo no es una palabra del latín, de donde viene el español, sino que es de origen griego. Un estudio del uso de esta palabra en la literatura griega a lo largo de un período de más de 2000 años, permite comprobar que siempre conservó su significado básico, sin cambios. El concepto bautismo formaba parte del lenguaje de la gente en Grecia, pero luego fue sustraída

del lenguaje común, pueblerino, para indicar algo específicamente religioso o sagrado.

El término griego bá·pti·sma, (baptizein), bautismo, se refiere al proceso de inmersión, sumersión y emersión, se derivan del verbo bá·ptō, (baptismos), sumergir, mojar, empapar. Cuando llevamos este término a bautismo en el Espíritu Santo significa la sumersión o inmersión bajo el poder del Espíritu Santo. Lo que realmente indican estas expresión es que, similarmente al bautismo en agua, en donde el creyente es sumergido o empapado con agua, así también, el ser bautizado en el Espíritu Santo, es quedar totalmente inundado en el dunamis, el poder del Espíritu Divino y ser saturado, ungido de Él.

Una función o propósito del bautismo en el Espíritu Santo es habilitarnos para hacer la obra de Dios.

*"**pero recibirán poder** cuando el Espíritu Santo desciende sobre ustedes; **y serán mis testigos, y le hablarán a la gente acerca de mí en todas partes:** en Jerusalén, por toda Judea, en Samaria y **hasta los lugares más lejanos de la tierra."** Hechos 1:8 (NTV)*

Es necesario, es un requisito imprescindible que cada hijo de Dios busque la llenura, la

unción y el poder del Espíritu para realizar la obra del Señor. Nos equivocamos cuando intentamos hacer una obra de carácter espiritual usando métodos carnales o naturales. Una de las tragedias de la iglesia de hoy, es la cantidad de hombres y mujeres que están ejerciendo posiciones ministeriales de autoridad sin una verdadera llenura, poder y unción del Espíritu Santo. Necesitamos que el Espíritu Santo confirme su llamado. Son ellos los que traen muerte espiritual a la iglesia, porque quieren llevar a la iglesia a un lugar de poder y revelación que ellos no tienen, ni conocen.

Hoy observamos con mucho dolor y desasosiego la gran cantidad de hombres y de mujeres, ministros del evangelio, cayendo de la gracia de Dios. Una de la razones es su osadía de enfrentar al diablo y a todo el infierno con doctrinas, dogmas, teologías y ritos ceremoniales, sin la unción y sin el poder de su Santo Espíritu. Amados, es el poder, la llenura y la unción del Espíritu lo que nos capacitará y nos dará la habilidad, la gracia y la autoridad para salir victoriosos en cada encuentro con el enemigo de nuestras almas y del ministerio.

Oh, cuánto necesitamos hoy más que nunca, la investidura del poder de Dios en nuestros púlpitos, en nuestros ministerios para que

seamos *"sus ministros llama de fuego".*
*Hebreos 1:7 (LBLA)*

Que, como Jesús, podamos decir:

**"El Espíritu del Señor está sobre mí, Por cuanto me ha ungido** *para dar buenas nuevas a los pobres; Me ha enviado a sanar a los quebrantados de corazón; A pregonar libertad a los cautivos, Y vista a los ciegos; A poner en libertad a los oprimidos;"* Lucas 4:18(RVR1960

Que se produzca en nuestros ministerios los mismos resultados y señales que fueron producidos en el ministerio de Jesús. No olvidemos que el Espíritu Santo, que le ungió a Él, es el mismo que viene a nosotros, cuando somos bautizados por su Espíritu. Pues Él también dijo, que haríamos cosas "aún mayores".

*"De cierto, de cierto os digo: El que en mí cree, las obras que yo hago también él las hará;* **y mayores que éstas hará; porque yo voy al Padre"** *San Juan 14:12 (JBS)*

*"Dios públicamente* **aprobó** *a Jesús de Nazaret al* **hacer milagros poderosos, maravillas y señales por medio de él,** *como ustedes bien saben;" Hechos 2:22 (NTV)*

Estos son los resultados y señales del ministerio de Jesús, que tú y yo podemos realizar en su Nombre, y más aún, porque

tenemos su Santo Espíritu. Permítanme decir con mucho temor y temblor, que esta es una de las maneras que Dios aprueba los ministerios. ¿Hemos sido aprobados por Él? ¡Así nos ayude Dios!

**Lectura, análisis y compresión del texto.**

Capítulo V   El Bautismo

1. ¿En qué era vivimos?
2. ¿Cómo definiría el bautismo en Espíritu Santo?
3. ¿Quién es el que bautiza en Espíritu Santo?
4. ¿Por qué es imprescindible el bautismo en Espíritu Santo?

# VI. Bautismo de Pentecostés

El gran regalo de Cristo a sus discípulos fue la llenura extraordinaria del Espíritu Santo, el bautismo en el Espíritu Santo en toda su plenitud. Regalo de Dios para ti y para mí y para todos sus hijos.

Toda persona que recibe este regalo glorioso del bautismo en el Espíritu Santo, es inundada con gloria divina que electrifica todo su ser. Debemos tener presente que las reacciones de las personas, ya sean tenues o intensas, son las reacciones humanas ante el impacto divino. Es obvio que los ciento veinte en el aposento alto fueron electrizados y movidos profundamente por el poder divino, pues dijeron de ellos:

*"Lo que pasa es que están borrachos."*
*Hechos 2:13 (NVI)*

Esta fue la experiencia vivida por el evangelista presbiteriano, Charley Finney, (1792-1875), abogado que experimentó una conversión maravillosa a Cristo. Él fue un importante líder del gran avivamiento en el

siglo XIX, en los Estados Unidos. Conozcamos su experiencia en el bautismo del Espíritu Santo.

> *"Al sentarme junto al fuego, recibí un bautismo poderoso del Espíritu Santo. Sin esperarlo, sin haber jamás tenido la idea en mi mente de que abría una cosa así para mí, sin ningún recuerdo de haber escuchado a ninguna persona en el mundo mencionarlo, el Espíritu Santo descendió sobre mí en una forma que parecía pasar a través de mí, cuerpo y alma. Tenía la impresión como una descarga de electricidad, que pasaba una y otra vez a través de mí.*
>
> *No hay palabras que puedan expresar el amor maravilloso que fue derramado en mi corazón. Lloré abiertamente con amor y gozo; y no sé sino que debo decir que literalmente grité los brotes indecibles de mi corazón. Estas oleadas vinieron sobre mí, y sobre mí, hasta que recuerdo que grité; ¡moriré si estas olas continúan pasando sobre mí! Dije, ¡Señor, ya no puedo aguantar más!, empero no le temía a la muerte. Cuanto tiempo continúe en este estado, con este bautismo cayendo sobre mí, no lo sé."*

Bajo esta unción portentosa del Espíritu Santo, Finney vio por lo menos quinientos mil

conversiones, en el curso de su ministerio. Se describía a sí mismo como "bautizado en el Espíritu Santo".

Como hijos de Dios, los regalos divinos, los tesoros del Cielo están disponibles para nosotros aquí en la tierra. Son un adelanto, una recompensa para aquellos que están dispuestos a seguir a Jesús. Como diría mi amantísima esposa, Lizette, la Profeta de Fuego: "es una probadita divina."

**"El Espíritu es un adelanto que se nos da como garantía de que recibiremos lo que Dios prometió.** *La promesa de Dios llegará cuando se complete nuestra liberación para que alabemos a Dios por su grandeza."*
*Efesios 1:14 (PDT)* ¡Aleluya!

La experiencia del bautismo del Espíritu Santo es un pequeño "gusto" de lo que un día será infinito. Las Escrituras expresan claramente que la porción que recibe el creyente es solamente una garantía de lo que disfrutaremos en eternidad.

Es ese "gozo inefable y glorioso". Es esa excelsitud de gloria, que el Señor nos adelanta por medio de su Espíritu. El Espíritu Santo, cuando nos sumerge en sus aguas cristalinas y puras nos refresca y sacia toda nuestra sed

espiritual, permitiéndonos disfrutar y experimentar un goce anticipado del cielo.

*"**Que Dios,** que da esperanza, **los llene de alegría** y paz a ustedes que tienen fe en él, y les dé abundante esperanza **por el poder del Espíritu Santo.** Romanos 15:13 (DHH)*

*"En cambio, cuando **el Espíritu Santo dirige nuestra vida, produce** en nosotros frutos de amor, **gozo,** paz, paciencia benignidad, bondad, fe," Gálatas 5:22 (CST)*

*"Porque **el reino de Dios** no es comida ni bebida, sino justicia y paz y gozo en el Espíritu Santo." Romanos 14:17 (LBLA)*

*"Y los discípulos estaban continuamente **llenos de gozo y del Espíritu Santo."** Hechos 13:52(LBLA)*

(Para conocer a profundidad sobre el tema del Gozo, adquiere el libro del autor: "Vive una Vida de Abundante Gozo")

Sin lugar a dudas este es un refrigerio que nos trajo el Espíritu Santo y del cual Jesús enseñó:

*"pues que **los tiempos del refrigerio** de la presencia del Señor son venidos; el cual os ha enviado a Jesús el Cristo,..." Hechos 3:19-20(JBS)*

*"**¡Si alguno tiene sed, que venga a mí y beba!** De aquel que cree en mí, como dice la*

*Escritura,* **brotarán ríos de agua viva. Esto dijo del Espíritu que habían de recibir los que creyesen en él; pues aún no había venido el Espíritu Santo,** *porque Jesús no había sido aún glorificado."*
*San Juan 7:37-39 (RVR1960)*

Jesucristo mismo está más interesado en saciar nuestra sed, es decir, llenarnos con la unción, con la virtud de su Espíritu. Lo que necesitamos nosotros es pedirla, buscarla y recibirla.

Jesús, es el que nos da a beber de su Espíritu. Cuando bebemos nos unimos a un verdadero río de poder. El único requisito es estar anhelantes, y sedientos; porque sólo los sedientos de Dios, de su Espíritu, clamaran a Él con desesperación, como clama el ciervo jadeante, y sediento en el desierto.

**"Cual ciervo jadeante en busca del agua,** *así te busca, oh Dios, todo mi ser.* **Tengo sed de Dios,** *del Dios de la vida."*
*Salmos 42:1-2 (NVI)*

**"El Espíritu Santo** *y la esposa del Cordero* **dicen: ¡Ven! Y el que escuche, diga: ¡Ven! Y el que tenga sed, y quiera, venga y tome del agua de la vida sin que le cueste nada."** *Apocalipsis 22:17 (DHH)*

El Señor nos proporciona el agua viva que satisface la sed ardiente de aquellos, cuyas vidas están sedientas y deshidratadas debido a que hay sequedad en su alma, sequía espiritual. Solo venga y beba gratuitamente de la fuente del Espíritu. Aún más zambúllete, sumérgete en el río de Dios. Cuando nos sumergimos en sus aguas cristalinas y puras, nos refresca y sacia toda sed espiritual permitiéndonos disfrutar, experimentar un deleite y un refrigerio anticipado del cielo. Tal como hicieron los discípulos en el día de Pentecostés.

*"Cuando llegó el día de Pentecostés, estaban todos unánimes juntos."*
*Hechos 2:1 (RVR1960)*

Pentecostés era la cuarta de siete grandes fiestas anuales establecidas por Dios para su pueblo Israel. Era una de tres fiestas de participación obligatorias para todo varón judío, mayor de doce años. Ésta eran, la fiesta de la Pascua, la fiesta de Pentecostés, y la fiesta de los Tabernáculos. Pentecostés es un vocablo griego, que significa cincuenta. Esta fiesta se celebraba cincuenta días después de la Pascua. También era conocida como la fiesta de las Cosechas, fiesta de las Semanas, y día de las Primicias en el Antiguo Testamento. (Para conocer más detalles de estas fiestas, le invito

a leer el capítulo II del libro del autor: Vive Una Vida De Abundante Gozo)

Empero, esta observancia de Pentecostés, había de ser diferente para los 120 reunidos en el aposento alto. Estaban esperando la **"promesa del Padre"** ¡Entonces sucedió!

*"Y fueron todos llenos del Espíritu Santo…"*
*Hechos 2:4(RVR1960)*

No es posible considerar los eventos del Pentecostés a la ligera y a la vez entender su significado total. En el día de Pentecostés, se consumó la promesa del Padre, pero también marcó un punto decisivo en la historia. Ocasión que seleccionó el Trino Dios, para descorrer el velo que ocultaba el nacimiento y belleza excelsa de su cuerpo, la Iglesia. Esta la cual Salomón a través del lente profético y la revelación divina, pudo contemplar, pudo mirar, y observar tanta belleza, hermosura, que le llevó a exclamar:

*"**¿Quién es ésta** que se muestra como el alba,*
*Hermosa como la luna, Esclarecida como el sol,*
*Imponente como ejércitos en orden?"*
*Cantares 6:10 (RVR1960)*

De quién el apóstol Pablo testificó:

*"**…así como Cristo amó a la iglesia y se dio a sí mismo por ella,** para santificarla, habiéndola purificado por el lavamiento del agua con la*

*palabra,* **a fin de presentársela a sí mismo, una iglesia en toda su gloria, sin que tenga mancha ni arruga ni cosa semejante, sino que fuera santa e inmaculada."**
*Efesios 5:25-27 (LBLA)*

Y Juan en la revelación que recibe del Señor estando en Patmos, pudo ver las bodas de la Iglesia con su Amado:

*"Alegrémonos, llenémonos de gozo y alabémoslo, porque* **ha llegado el día de la boda del Cordero. Ya está lista su esposa, la cual es la iglesia; Dios la ha vestido de lino fino, limpio y brillante.** *Ese lino fino representa el bien que hace el pueblo de Dios. El ángel me dijo: Escribe esto: Benditos sean todos los que han sido invitados a la cena de bodas del Cordero. Y luego añadió:* **Esto lo dice Dios, y él no miente."**
*Apocalipsis 19:7-9 (TLA)* ¡ALELUYA!

El hecho es que aquel evento tan glorioso fue el cumplimiento de la promesa hecha por el Padre y afirmada por Jesús. Este milagro de Pentecostés, perceptible por los oídos y los ojos, fue un acontecimiento único en la historia de la Iglesia.

Cuando el Espíritu Santo vino, dio a conocer de dos maneras su presencia, a aquellos obedientes hombres y mujeres, que estaban reunidos en el Aposento Alto. Usó de las vías

sensoriales, es decir los sentidos, mediante los cuales nosotros los humanos absorbemos el conocimiento. Adquirimos la mayor parte de nuestro conocimiento por los oídos y por la vista. Oímos y vemos. Pues bien, el Espíritu Santo hizo usó de ambas vías de percepción.

Lucas, el médico amado, no concibe la venida del Espíritu de un modo silencioso o invisible. Por ello, tiene el cuidado de describirnos con evidencias auditivas y visuales, la venida del Espíritu Santo a través de manifestaciones físicas tales como el viento, el fuego, y el don de lenguas.

*"Y de repente vino del cielo un estruendo como de un viento recio que soplaba."*
*Hechos 2:2 (RVR1960)*

**"De repente"** o de pronto, sin previo aviso, inopinadamente, de manera imprevista, sin ninguna brisita, ruido o movimiento que pusiera a los ciento veinte a la expectativa. El Espíritu Santo vino repentino, estrepitosa e inesperadamente como la clase de evento súbito, que estremece y sobresalta a una persona. Dios estaba dramatizando la importancia sobrenatural y preciosa de este acontecimiento.

**"Vino del cielo"** ¿De dónde vino? "...del cielo" no del templo judío, no del aposento

alto, tampoco de los ciento veinte, ni de la multitud. Vino del cielo de Dios y no del cielo atmosférico. De arriba, y no de la tierra; de Dios, y no de los hombres. Por medio del oído percibieron un ruido que llegó del cielo, como de un viento fuerte que llenó toda la casa donde estaban sentados. ¿Cómo era ese viento? ¿Cómo lo describe? Veamos…

**"Un estruendo"**, significa ruido muy grande, estrepitoso, estallido, sobrecogedor, como el estruendo del océano, de unas cataratas, de una explosión. Provenía de la actividad de Dios y no de alguna causa natural aquí en la tierra. Se oye en toda Jerusalén y aún por los campos en derredor. Es un estruendo sobrenatural que alarma y espanta; un ruido muy grande jamás escuchado en Jerusalén, que hace saltar y correr a todo el mundo.

No podré olvidar jamás, el impacto de la experiencia vivida en medio de la celebración de uno de los aniversarios de nuestra Iglesia Caguas Pueblo. Habíamos culminado el culto de celebración al Rey de Reyes, con una oración de gratitud por la victoria alcanzada. Le pedí al grupo de Adoración que entonaran nuevamente una alabanza, en lo que los hermanos iban saliendo del santuario. Cuando de repente escuchamos un estruendo, un estallido tan fuerte sobre el altar, que todos

nos sobrecogimos momentáneamente. Junto con ese estruendo descendió una unción, una manifestación de poder, que personas que ya estaban en el estacionamiento para ir a sus hogares, fueron también impactados. Regresaron corriendo al templo bajo el poder de Dios, hablando en otras lenguas. Algunos que ya iban en sus vehículos de regreso a sus casas, fueron alcanzados por este estruendo de gloria que regresaron y continuaron gozándose de esta visitación. Dios bautizo con Espíritu Santo a nuevos convertidos, hubo sanidades, gente danzando, saltando, liberación, salvación, bajo esa manifestación de gloria. Aquella experiencia se extendió por más de 3 horas. Hoy todavía Dios tiene para sus hijos, para su pueblo, un de repente, un estruendo del Espíritu Santo.

Continuemos… ¿Qué es eso? ¿Qué está pasando? ¡Jamás hemos escuchado ruido semejante!

**"Como de un viento recio que soplaba."** No como dulce y suave brisa que revolotea las copas de los árboles en primavera. ¡No! sino como de un viento tan fuerte que ensordecía. Como el de un huracán o un tornado, es decir un gran ventarrón. **"Como de un viento recio que soplaba, el cual llenó toda la casa donde estaban sentados"**. El viento y

el espíritu en el idioma griego proviene de la misma raíz gramatical, (pneuma). El viento es un símbolo del Espíritu Santo que no se ve pero es real. Así quedó plasmado y establecido, en el encuentro de Nicodemo con Jesús.

*"El viento sopla por donde quiere, y aunque oyes su sonido, no sabes de dónde viene ni a dónde va.* **Así también sucede con todos los que nacen del Espíritu."** *San Juan 3:1-8 (TLA)*

Por medio del sentido auditivo, (de la audición), percibieron un ruido que llegó del cielo, como de un viento tenaz, fuerte que llenó toda la casa donde estaban sentados. Este viento poderoso, como sonido; fue el Espíritu Santo; invisible, pero poderosamente sentido por todos los allí presentes. Sin lugar a dudas, Dios creó ese sonido para esta ocasión especial.

*"Y se les aparecieron* **lenguas repartidas, como de fuego,** *asentándose sobre cada uno de ellos."* *Hechos 2:3(RVR1960)*

Seguidamente, después del viento **"se les aparecieron lenguas…de fuego"**. Ésta, sin lugar a dudas es una señal visible, que les recordaba a ellos lo que Juan el Bautista, había anunciado y profetizado:

*"Él os bautizará con Espíritu Santo y fuego."*
*Mateo 3:11(RVR1960)*

**"Como de fuego"** Observemos que las lenguas eran "como de fuego". No eran fuego, sino que parecían de fuego. Eran una sustancia como el fuego, brillante, luminosa, creada por Dios para resaltar o dramatizar el momento de la venida del Espíritu Santo, en los discípulos. Además, poseía efectos purificadores, penetrantes, resplandecientes y santificadores. El fuego divino, derrite el más duro corazón, limpia la escoria y purifica el alma. La aparición de llamas repartidas, (diamerizomenai), en griego significa una llama que fue repartida, es decir, dividida en partes; que se asentó, reposó sobre cada uno de los discípulos. La palabra "se asentó", implica que el mismo Espíritu Santo, estaba descendiendo, posándose sobre cada uno de los discípulos. Sin duda, esto captó la atención de las presentes a través del sentido de la vista.

Esta fue la experiencia del caudillo Moisés en el desierto, (Éxodo 3). Mientras se encontraba pastoreando ovejas; de momento, pudo observar una zarza ardiendo en fuego. Esto captó la atención de él y quiso indagar el motivo y la razón por la cual la zarza ardía y no se consumía. Es precisamente en esos momentos que se oye la voz de Dios que le

llama y se presenta como el gran YO SOY. En el Antiguo Testamento a menudo el fuego es sinónimo de la misma presencia de Dios.

El viento, el fuego y las lenguas eran importantes para revelar y probar a los discípulos que el Espíritu Santo, había venido sobre y en ellos, tal como les había prometido su Señor y Salvador. Una experiencia tan gloriosa, tan grande y tan importante como el bautismo en el Espíritu Santo, evidentemente tenía que estar acompañada por evidencias inequívocas, para que no tuvieran ninguna duda de que en verdad habían recibido la promesa del Padre y la llenura del Espíritu Santo.

*"Y fueron todos llenos del Espíritu Santo, y comenzaron a hablar en otras lenguas, según el Espíritu les daba que hablasen"*
*Hechos 2:4(RVR1960)*

**Lectura, análisis y compresión del texto.**

Capítulo VI   Bautismo de Pentecostés

1. ¿Cuál fue la experiencia de Charley Finney al recibir la promesa?

2. ¿Cuál es la reacción del que recibe el bautismo en Espíritu Santo?

3. ¿Por qué Jesús describió el bautismo como "ríos de agua viva"?

4. ¿Cuál fue la evidencia sensorial de la experiencia pentecostal, en la inauguración de la iglesia?

## VII.  Hablar en Otras Lenguas

Los acontecimientos del día de Pentecostés fueron el cumplimiento de la magnificencia y el esplendor de la promesa que Dios había hecho siglos antes por medio de sus profetas. Él otorgaría un generoso derramamiento de su Espíritu, que habría de ser nuevo y distintivo para todos sus hijos.

Isaías el profeta mayor señaló el día en que sería *"derramado el Espíritu de lo alto"* *Isaías 32:15(RVR1960)*

En el quinto evangelio según Isaías, Dios prometió:

*"Porque yo derramaré aguas sobre el sequedal, y ríos sobre la tierra árida;* **mi Espíritu derramaré sobre tu generación,** *y mi bendición sobre tus renuevos;" Isaías 44:3(RVR1960)*

A través del profeta Ezequiel el Señor dijo:

*"Os daré corazón nuevo,* **y pondré espíritu nuevo dentro de vosotros;** *y quitaré de vuestra carne el corazón de piedra, y os daré un corazón de*

carne. Y **pondré dentro de vosotros mi Espíritu,...**" *Ezequiel 36:26-27(RVR1960)*

*"Y sabrán que yo soy Jehová su Dios,...* **porque habré derramado de mi Espíritu sobre la casa de Israel, dice Jehová el Señor."** *Ezequiel 39:28-29(RVR1960)*

Por medio del profeta Joel también prometió:

*"Después de estas cosas* **derramaré mi espíritu sobre toda la humanidad:** *los hijos e hijas de ustedes profetizarán, los viejos tendrán sueños y los jóvenes visiones. También sobre siervos y siervas* **derramaré mi espíritu en aquellos días;..."** *Joel 2:28-29(DHH)*

Y el apóstol Pedro, lleno del Espíritu Santo, validó esta promesa con los sucesos del día de Pentecostés, al decir:

*"Más esto es lo dicho por el profeta Joel: Y en los postreros días, dice Dios,..."* *Hechos 2:16-17(RVR1960)*

Según estas profecías, la llegada del Espíritu Santo de un modo inusual, dramático y glorioso, anunció el amanecer de la nueva era, prometida por Dios. La nueva era, la era del Espíritu, la era de la Iglesia, estaba siendo inaugurada en el día de Pentecostés.

Los creyentes reunidos en Jerusalén no sólo oyen la venida del Espíritu Santo, sino que

también la ven tomar forma, como de lenguas de fuego. No se trata de una ilusión óptica, porque claramente las Escrituras señalan que vieron aparecer lenguas de fuego. El fuego, como sabemos es símbolo de la presencia divina. Toma la forma de lenguas de fuego que se asientan, reposan primero sobre la cabeza de los discípulos y luego salen de su boca. Se produjo entonces por el Espíritu Santo, un fenómeno triple que pudieron ver, oír y hablar.

*"Cuando llegó el día de Pentecostés, estaban todos unánimes juntos. Y de repente vino del cielo un estruendo como de un viento recio que soplaba, el cual llenó toda la casa donde estaban sentados; y se les aparecieron lenguas repartidas, como de fuego, asentándose sobre cada uno de ellos.* **Y fueron todos llenos del Espíritu Santo, y comenzaron a hablar en otras lenguas, según el Espíritu les daba que hablasen."** *Hechos 2:1-4(RVR1960)*

Ahora nuestro hermano Lucas nos da a conocer detalles donde por primera vez en la historia, se da el milagro sobrenatural del hablar en lenguas, más apropiadamente dicho "hablar en otras lenguas." Con anterioridad al día de Pentecostés, no hay registro de que alguien haya hablado en lenguas, bajo el impulso del Espíritu Santo.

Nadie les enseñó a hacerlo ni lo aprendieron por un determinado tiempo, ¡fue espontaneo, instantáneo y celestial! Esto no era jerigonza, ni disparate, ni jerga, ni enredo, ni algarabía. Era el resultado directo de haber recibido la plenitud, la llenura del Espíritu Santo. Quien genera, produce e imparte las lenguas de fuego, es el Espíritu Divino. No es el efecto de emociones confusas, ni exceso de emocionalismo frenético o de fanatismo delirante, ni producto de ningún hombre, es Dios mismo por medio de su Espíritu.

*"...y comenzaron a hablar en otras lenguas, según el Espíritu les daba que hablasen."* Hechos 2:4(RVR1960)

Esta afirmación es de suprema importancia porque nos indica que ninguno de los ciento veinte había imaginado, ideado anticipadamente lo que iba a decir. El Espíritu Santo, ejerció en ese momento un control absoluto de la expresión oral de los reunidos en el Aposento Alto. Los capacitó para expresar palabras dadas directamente por Él, siendo la primera evidencia, la primera prueba física, de la llenura del Espíritu Santo.

Ahora había una nueva manifestación, señal del Espíritu Santo, dada a los hombres: "hablar en otras lenguas", no aprendidas y si

desconocidas por ellos. Definitivamente, las lenguas dadas por el Espíritu Santo, inauguraba el inicio de una nueva era, la del Espíritu, la de la Iglesia. También, significaba que el acto de hablar en lenguas, es la entrada del creyente a la nueva era, la cual el apóstol Pablo llamó, *"el ministerio del Espíritu."* *2Corintios 3:8(RVR1960)*

La manifestación de hablar en otras lenguas le dio al derramamiento del Espíritu Santo en aquel día, un carácter impactante y característico. En el día de Pentecostés, las lenguas tomaron milagrosamente la forma de los dialectos e idiomas de las personas que estaban presentes. Así lo evidencia el texto bíblico:

*"...les oímos hablar en nuestras lenguas las maravillas de Dios." Hechos 2:11(RVR1960)*

La multitud no fue atraída por debate teológico, sino por el milagro de las lenguas, de las lenguas de fuego, que testificaban "las maravillas de Dios." El Espíritu de Dios les estaba hablando en una forma, en que jamás a ellos les habían testificado o hablado. ¡El cielo había descendido a la tierra! Cuando la lengua de un predicador es ungida por el poder del Espíritu Santo, los hombres saben reconocer,

que están oyendo el mensaje que Dios ha enviado desde el cielo.

Hay quienes enseñan, tratando de empequeñecer el milagro de las lenguas, que lo que en realidad aconteció fue un fenómeno auditivo; que la multitud por medio de un milagro escuchaba distintos idiomas. Sin embargo, lo que destaca o enfatiza el texto bíblico es el milagro de hablar en otras lenguas, no en sensibilizar de alguna manera, los oídos de los que escuchaban. Es cierto que hubo un milagro, no en los oyentes y sí en los ciento veinte, el hablar en otras lenguas, desconocidas para ellos, pero conocida para los que escuchaban, como resultado de la llenura del Espíritu Santo.

*"…les oímos hablar en nuestras lenguas las maravillas de Dios." Hechos 2:11(RVR1960)*

Como, hemos visto a la luz del texto sagrado la señal o evidencia inicial fueron las lenguas; pero quedó demostrado que lo que hablaban, era inspirado por el Espíritu Divino. Era santo y con profundo sentido, aunque la mente humana no pudiera comprenderlo en su plenitud. El magnificar y hablar las maravillas de Dios es prueba irrefutable y contundente de que lo que habían recibido y hablado, era santo, divino.

Permítame afirmar esta gran verdad bíblica; hablar en otras lenguas es una manifestación sobrenatural del Espíritu Santo. Ellos hablaron inspirados por el Espíritu, en una lengua humana, en idiomas que ellos nunca habían aprendido:

*"Y hecho este estruendo, se juntó la multitud; y estaban confusos, **porque cada uno les oía hablar en su propia lengua.** Y estaban atónitos y maravillados, diciendo: Mirad, ¿no son galileos todos estos que hablan? ¿Cómo, pues, **les oímos nosotros hablar cada uno en nuestra lengua en la que hemos nacido?***
*Hechos 2:6-8(RVR1960)*

Pero también hablaron lenguas extrañas, angélicas y celestiales:

*"Por lo cual, **el que habla en lengua extraña,** pida en oración poder interpretarla. Porque si yo oro en lengua desconocida, mi espíritu ora, pero mi entendimiento queda sin fruto."*
*1Corintios 14:13-15 (RVR1960)*

***"Si yo hablase lenguas humanas y angélicas,*** *y no tengo amor, vengo a ser como metal que resuena, o címbalo que retiñe."*
*1Corintios 13:1(RVR1960)*

Los burladores e incrédulos lo calificarán de jerigonza, trabalenguas, pero lo que ha inspirado el Espíritu de Dios es santo, no es

una jerigonza, ni disparate. Todos los sonidos que nosotros emitimos, Dios los comprenden, los entiende, porque son inteligibles y claros para Él.

*"…pero el Espíritu mismo* **intercede por nosotros con gemidos indecibles. Más el que escudriña los corazones sabe cuál es la intención del Espíritu,** *porque conforme a la voluntad de Dios intercede por los santos"*
*Romanos 8:26-27(RVR1960)*

El hablar en otras lenguas es una experiencia, una vivencia tan divina, trascendente, sobrenatural y conmovedora que el lenguaje humano es insuficiente para describir semejante efusión del Espíritu Santo. Sólo podemos decir, que es maravillosa, inefable. Hay que sentirla, vivirla, experimentarla, para saber lo que realmente es. ¡Aleluya!

El hablar en lenguas por inspiración divina, **"según el Espíritu les daba que hablasen",** es sin duda un milagro maravilloso, trascendente. Queda bien evidenciado en el libro de los Hechos como la señal y evidencia inicial de la llenura del Espíritu Santo y es el modelo, norma o regla a seguir para el bautismo en el Espíritu Santo.

Para nosotros, los Pentecostales Clásicos, esta experiencia de **"hablar en otras lenguas,**

**según el Espíritu les daba que hablasen"**, la consideramos y la llamamos el Bautismo en el Espíritu Santo, Bautismo Pentecostal. Esto es bíblicamente correcto y estamos sobre fundamento firme. ¡ALELUYA!

**Lectura, análisis y compresión del texto.**

Capítulo VII    Hablar en otras Lenguas

1. Enumera 4 profetas que describieron el derramamiento del Espíritu Santo.

2. ¿Cómo sabemos que las lenguas habladas en el Aposento Alto fueron espontaneas, instantáneas y no aprendidas?

3. ¿Por qué la gente fue atraída al Aposento Alto?

4. ¿Por qué el hablar en lenguas es una manifestación sobrenatural del Espíritu?

## VIII. La Evidencia Inequívoca

L a autenticidad de las lenguas, como la evidencia inicial del bautismo en el Espíritu Santo, está basada en las Sagrada Escrituras. Todo lo que decimos y hacemos como Pentecostales Carismáticos, lo explicamos y validamos por la Escritura.

Hay quienes rechazan y tienen en poco esta doctrina cardinal, fundamental y básica dada a la Iglesia, el bautismo del Espíritu Santo, con la señal inicial de hablar en otras lenguas, porque surge o nace del libro de los Hechos. Consideran que este libro es histórico narrativo, sin mayor valor que ese. ¡Qué gran tragedia y lamentable pobreza de espíritu! ¡Qué desconocimiento y deformación bíblica teológica!

Aunque muchos reconocen el libro de Hechos como histórico, pero inspirado, no permiten que Hechos transforme su doctrina y su vida espiritual. Afortunadamente, en un riguroso estudio de los escritos de Lucas, queda dramáticamente demostrado que el médico

amado, no sólo fue un historiador experto y esmerado. La arqueología, ha confirmado, la asombrosa precisión de todos los detalles que nos brinda. También, fue un teólogo iluminado que enfatizó las dimensiones carismáticas de la obra del Espíritu, profetizada en el Antiguo Testamento.

El libro de Los Hechos tiene cincuenta y siete pasajes que se refieren directamente al Espíritu Santo. Es el libro "especial" de las Escrituras que se refiere al Espíritu Santo: y se nos dice más acerca del Él en éste; que en ningún otro libro.

Quiero compartirle este breve escrito que dejará bien establecido la autoridad del libro de Hechos.

"Creemos que Hechos, es historia sagrada, tiene la intención de enseñar la doctrina de las lenguas como la evidencia física inicial. Algunos dicen que es incorrecto hermenéuticamente, utilizar la historia narrativa como una base doctrinal. Afirman que la doctrina puede basarse sólo en material más abiertamente didáctico, como el de las epístolas. Sin embargo, el nacimiento virginal, es una doctrina cardinal de todos los evangélicos, se refiere sólo en la narrativa histórica de los evangelios (Mateo 1 y Lucas

1). En Isaías 7:14 está la profecía de que "la virgen concebirá, y dará a luz un hijo". Esto se cita en Mateo 1:23. Lucas llama a María una parthenon, que se traduce como "una virgen". En las epístolas, sin embargo, este acontecimiento se hace valer como ley (Gálatas 4:4). En The Charismatic Theology of St. Luke [Una teología carismática de San Lucas] Roger Stronstad justifica esta narrativa histórica como doctrina, de la siguiente manera:

Porque las cosas que se escribieron antes, para nuestra enseñanza se escribieron" (Romanos 15:4). Así, para citar sólo un ejemplo de la metodología de Pablo, las experiencias de Israel en el desierto "les acontecieron como ejemplo, y están escritas para amonestarnos a nosotros, a quienes han alcanzado los fines de los siglos" (1 Corintios 10:11). Si para Pablo los relatos históricos del Antiguo Testamento tuvieron lecciones didácticas para los cristianos del Nuevo Testamento, entonces sería muy sorprendente si Lucas, que modeló su historiografía conforme a la historiografía del Antiguo Testamento, no aportara su propia historia del origen y la expansión del cristianismo con un significado didáctico".

Afirmamos que el libro de los Hechos no es simplemente un relato histórico únicamente de

la naciente iglesia. Es un manual para la vida cristiana y para una iglesia llena del Santo Espíritu. Los cristianaos debemos desear y esperar, como norma para la iglesia de hoy, los mismos resultados de la iglesia primitiva. Esto es posible y se consigue cuando vivimos en el poder del Espíritu Santo.

Dejando claro y bien establecido este punto, entonces podemos mirar sin ningún recelo o temor el libro de los Hechos.

Ésta bendita llenura del Espíritu, con la evidencia inicial del hablar en otras lenguas, experiencia de los cristianos de la Iglesia naciente, particularmente aquéllos que estuvieron presentes en el día de Pentecostés, incluyendo a María la madre de Jesús, es el modelo, el ejemplo a seguir. No hay indicación en las Escrituras de que esta experiencia gloriosa estaría limitada solamente al día de Pentecostés. El apóstol Pedro lleno del Espíritu expresó:

*"Esta promesa es para ustedes* **y para sus hijos, y para todos los que nuestro Dios quiera salvar** *en otras partes del mundo."*
*Hechos 2.39. (TLA)*

Como hemos visto, Pedro lleno e inspirado por el Santo Espíritu, estableció bien claro que el bautismo en el Espíritu Santo iba a seguir,

mientras Dios continuara llamando personas al arrepentimiento.

Es razonable que lo que ocurrió a los discípulos al ser llenos, igualmente ocurra a todos los que hoy desean ser llenos del Espíritu Santo. La experiencia similar al día de Pentecostés, que es el modelo bíblico, continuó siendo el patrón de la Iglesia del Nuevo Testamento. Hay un total de cuatro casos más en el libro de los Hechos que describen un derramamiento Pentecostal similar en clase y manifestación, al caso original del día de Pentecostés. El modelo Pentecostal parece haber sido bien autenticado y establecido.

Consideraremos varias de estas manifestaciones divinas con los mismos resultados y evidencia que hubo en Pentecostés, que es nuestro modelo por excelencia. Esto, para beneficio de aquellos a quienes les asaltan las dudas. Para mí personalmente como creyente del libro sagrado, y pentecostal de la cabeza a los pies, me es más que satisfactorio y suficiente lo descrito y vivido en el día de Pentecostés. Creo, sin lugar a dudas, que la señal inicial de ser llenos del Espíritu Santo, es el hablar en otras lenguas.

Empecemos por los tres primeros casos o sucesos más claros y sencillos que hallamos en el libro de los Hechos. El primero es lo acontecido en casa de Cornelio, ocho años después de Pentecostés, quien era centurión Romano. Hasta el momento todos los cristianos eran judíos o prosélitos, es decir, los convertidos del judaísmo. El apóstol Pedro, llegó allí con una encomienda divina y tan pronto estuvo allí comenzó a proclamar el mensaje del evangelio a todos los que se encontraban allí reunidos. Mientras Pedro hablaba sucedió algo inesperado y glorioso:

*"Mientras aún hablaba Pedro estas palabras,* **el Espíritu Santo cayó sobre todos los que oían** *el discurso. Y los fieles de la circuncisión que habían venido con Pedro se* **quedaron atónitos de que también sobre los gentiles se derramase el don del Espíritu Santo. Porque los oían que hablaban en lenguas, y que magnificaban a Dios."**
*Hechos 10:44-46(RVR1960)*

Los judíos creyentes que acompañaban a Pedro, se sorprendieron de que los gentiles fueran bautizados también en el Espíritu Santo. ¿Cómo ellos estaban seguros de que habían recibido el don, el regalo del Espíritu Santo?

## "Porque los oían que hablaban en lenguas, y que magnificaban a Dios."

Esta prueba divina era la señal que necesitaban para tener la certeza de que ellos también habían sido bautizados, llenos del Espíritu Santo, porque estaba en armonía con el modelo bíblico. Pedro, en su informe a los dirigentes de la iglesia en Jerusalén, que tenían serias dudas de lo acontecido allí, les dice:

*"Y cuando comencé a hablar,* **cayó el Espíritu Santo sobre ellos también, como sobre nosotros al principio.** *Entonces* **me acordé de lo dicho por el Señor,** *cuando dijo: Juan ciertamente bautizó en agua,* **más vosotros seréis bautizados con el Espíritu Santo. Si Dios, pues, les concedió también el mismo don que a nosotros que hemos creído en el Señor Jesucristo,** *¿quién era yo que pudiese estorbar a Dios?" Hechos 11:15-17(RVR1960)*

Sin duda, en este caso, el hablar en lenguas es una señal concluyente del bautismo en el Espíritu.

Los líderes de Jerusalén tuvieron que reconocer, a pesar de sus prejuicios, que verdaderamente los gentiles también habían recibido el bautismo del Espíritu Santo. Mostraron la evidencia y señal inequívoca de

hablar en otras lenguas, porque era conforme al modelo original, divino. ¡Aleluya!

*"Entonces, oídas estas cosas, callaron, y glorificaron a Dios,…" Hechos 11:18 (RVR1960)*

Hoy día hay personas que se consideran con mayor autoridad y revelación que estos líderes, que fueron formados por el Maestro de Maestros y diplomados con el bautismo del Espíritu Santo. Se resisten a aceptar esta gran verdad divina. ¡Qué desdichada y lamentable condición espiritual!

Nuestro próximo suceso se enmarca en el comienzo del tercer viaje misionero del apóstol Pablo y su arribo a Éfeso. Esto tomó lugar unos veinte y cinco años después del derramamiento original. Allí encontró doce discípulos que precisaban que se les enseñara acerca del regalo que Dios había impartido en el día de Pentecostés y disponible para todos los que creen. De ahí la pregunta formulada por Pablo a ellos:

**"¿Ustedes recibieron el Espíritu Santo cuando creyeron en el Señor Jesús?** *Y ellos respondieron: No, ¡ni siquiera habíamos oído hablar del Espíritu Santo!" Hechos 19:2(RVC)*

Ante tal respuesta, Pablo reconoció inmediatamente la gran necesidad espiritual y el total desconocimiento de estos discípulos.

Esto tuvo lugar unos veinte y cinco años después del derramamiento original. Su desconocimiento impedía y frenaba el que ellos estuvieran disfrutando de la plenitud del regalo o don de Dios para sus vidas. Decididamente, los desafía a que reciban el regalo de Dios, el bautismo de poder, el que les daría fortaleza e intrepidez para ser creyentes eficaces.

*"Cuando Pablo les impuso las manos sobre la cabeza,* **el Espíritu Santo vino sobre ellos, y empezaron a hablar en lenguas y a profetizar."** *Hechos 19:6(RVC)*

Inmediatamente, recibieron la misma porción del milagro de Pentecostés, el Espíritu Santo, con la prueba visible e inequívoca de hablar en lenguas, conforme al modelo establecido en Pentecostés.

Esta narrativa está llena de preguntas intrigantes. Además pesar de todas ellas, Lucas nos proporciona de otro ejemplo instructivo más, sobre el bautismo del Espíritu Santo, certificada por el hablar en lenguas. Entonces las lenguas son la señal inequívoca y evidencia inicial de la experiencia Pentecostal.

Nuestro próximo testimonio nos ubica en la Samaria que los Judíos odiaban y que no querían ni pasar cerca de allí. Samaritanos y

Judíos no se trataban. Había gran rivalidad entre ellos por siglos, (demostrado en el encuentro de la mujer samaritana con Jesús, que nos relata el capítulo 4 del Evangelio de San Juan). Pero bajo el impulso y dirección del Espíritu Santo, Felipe el diácono de Jerusalén, llegó hasta allí. Era un paso muy audaz el que dió Felipe, cuando accedió a la invitación del Espíritu. Por primera vez se llevaba el evangelio Pentecostal fuera de Jerusalén. Siguiendo el ejemplo de su Señor y venciendo todos los prejuicios existentes, les predicó el Evangelio Pentecostal, acompañado con señales en la autoridad del Espíritu. Produjo un esplendoroso y glorioso avivamiento. Las multitudes se gozaban al experimentar la libertad espiritual a través del perdón de sus pecados y el impartimiento de la nueva vida en Cristo.

*"…así que **había gran gozo** en aquella ciudad." Hechos 8:8 (RVR1960)*

Cuando los apóstoles que estaban en Jerusalén se enteraron de este glorioso despertar espiritual, de inmediato enviaron a Pedro y Juan. Estos al ver que todavía los nuevos cristianos no habían recibido el Espíritu Santo, oraron de inmediato por ellos. Recibieron al instante, la investidura celestial del Espíritu.

*"Cuando los apóstoles que estaban en Jerusalén oyeron que Samaria había recibido la palabra de Dios, enviaron allá a Pedro y a Juan; los cuales, habiendo venido,* **oraron por ellos para que recibiesen el Espíritu Santo; porque aún no había descendido sobre ninguno de ellos,** *sino que solamente habían sido bautizados en el nombre de Jesús. Entonces* **les imponían las manos, y recibían el Espíritu Santo."**
*Hechos 8:14-17(RVR1960)*

Fue un acontecimiento dramático cuando los samaritanos recibieron el Espíritu Santo, que incluía el hablar en otras lenguas, aunque Lucas omite este detalle. Tengamos bien presente que lo ocurrido a los discípulos al ser llenos del Espíritu, fue lo que evidentemente ocurrió aquí, porque el modelo bíblico de Pentecostés, continuó siendo la norma en la Iglesia del Nuevo Testamento.

Vimos también que en casa de Cornelio cuando descendió el Espíritu Santo, no tuvieron ninguna duda "porque les oíamos que hablaban en lenguas". Ésta era la garantía, de que habían recibido el Espíritu Santo. No tengo la más mínima duda de que en Samaria, sucediera lo mismo. Esto queda evidenciado por la acción del mago Simón, que vio que por las manos de los apóstoles se daba el Espíritu Santo a sus compueblanos. Él estuvo

dispuesto a pagar dinero por lo que vio. La pregunta es ¿Qué vio Simón para que despertara en él, el deseo de tener e impartir el don?

Esto nos muestra que alguna señal o manifestación sobrenatural, audible o visible, hizo del don algo espectacular, ante sus ojos. Es obvio suponer o asumir que él los oyó hablando en otras lenguas. Este milagro de expresión oral era totalmente nuevo para él. Era un acontecimiento extraordinario. Lo cautivó de tal modo, que tuvo la osadía de ofrecer dinero para poseerlo. Debemos tener claro que el hecho de que aquí no se mencionen las lenguas, no demuestra que los creyentes samaritanos no hablaron en otras lenguas, como era la norma.

La experiencia de conversión del Apóstol Pablo, es una muy significativa. Pablo quedó cegado ante la deslumbrante y brillante revelación del Cristo resucitado, quién engendra en él la experiencia de salvación, camino a Damasco. Por tres días Pablo estuvo ciego, sin comer ni beber y sólo oraba. Ananías recibió la encomienda del Señor de ir a orar por él, para que recobrara la vista y fuese lleno del Espíritu Santo.

*"Fue entonces Ananías y entró en la casa, y poniendo sobre él las manos, dijo: Hermano Saulo, el Señor Jesús, que se te apareció en el camino por donde venías,* **me ha enviado para que recibas la vista y seas lleno del Espíritu Santo.** *Y al momento le cayeron de los ojos como escamas, y recibió al instante la vista; y levantándose, fue bautizado."*
*Hechos 8:17-18(RVR1960)*

En estos versos, no se menciona que Pablo habló en otras lenguas. El testimonio, la evidencia no se da aquí, pero sí en la carta a los Corintios donde afirma:

*"Doy gracias a Dios de que* **hablo en lenguas más que todos ustedes,"**
*1Corintios 14:18(RVC)*

¿Cuándo comenzó Pablo a hablar en otras lenguas? Al igual que todos los demás Apóstoles, esto ocurrió en el momento en que fue lleno del Espíritu Santo, es decir, cuando Ananías oró por él para que recibiera el Espíritu. Sensatamente, si se ha establecido un patrón, la ausencia ocasional de repetir cada elemento del patrón realmente refuerza el modelo, ya que se supone que los lectores harán las apropiadas inferencias y deducciones del patrón o modelo establecido.

El hablar en lenguas es la evidencia, la señal aceptada, de ser lleno del Espíritu Santo, tanto

entre los apóstoles, como entre los hermanos de Jerusalén. Es inadmisible que el apóstol más grande de todos los tiempos, recibiera el bautismo en el Espíritu Santo de una manera distinta a la norma o modelo establecido en la iglesia primitiva.

Evidentemente, el libro de los Hechos establece sin duda alguna, que hay una conexión directa entre las lenguas y el bautismo en el Espíritu Santo. En las narraciones bíblicas del recibimiento del Espíritu Santo, en el libro de los Hechos, ha quedado bien establecido que los que recibieron la bendita llenura del Espíritu, hablaron en lenguas. También, en toda narración del derramamiento del Espíritu Santo, donde cualquier señal es mencionada, significa lenguas. Donde no se habla de ninguna señal, existe una fuerte evidencia de que hablaron en lenguas, como lo hemos visto. El contexto de los pasajes estudiados indica que eso era usual y normal en los cristianos primitivos y que es el patrón invariable de Dios para la iglesia.

Entonces las lenguas son la señal inequívoca o evidencia inicial de la experiencia Pentecostal. Esta conclusión proviene de las Sagradas Escrituras. Hoy día, podemos saber si el bautismo es la experiencia Pentecostal genuina

y equivalente a la de los discípulos, cuando se experimenta el hablar en otras lenguas por el poder del Espíritu. Esto es bíblicamente correcto y estamos sobre terreno firme.

Soberanamente, Dios ha hecho que estos ejemplos se hayan registrado, como testimonios contundentes e inequívocos, de que la gente habla en lenguas, cuando son llenos y bautizados en el Espíritu Santo. Es evidente que si usted no aceptara lo dispuesto por Dios, como evidencia clara, tampoco aceptará lo que Dios ha hecho; que cientos de tales casos y testimonios fuesen registrados. Pero para nosotros, la Palabra de Dios es nuestro manual de fe y aceptamos su testimonio firme y preciso.

*"y como dicen las Escrituras: «Los hechos de cada caso deben ser establecidos por el testimonio de dos o tres testigos." 2 Corintios 13:1 (NTV)*

**Lectura, análisis y compresión del texto.**

Capítulo VIII    La Evidencia Inequívoca

1. ¿Por qué el libro de Los Hechos es más que un mero relato histórico?

2. ¿Qué quiso decir Pedro cuando afirmo que la promesa es para todos que se salven?

3. ¿Por qué el hablar en lenguas es una evidencia inequívoca del bautismo?

4. ¿Cite las veces que Lucas indica que hubo bautismo pentecostal; en el libro de Los Hechos?

# IX.  ¿Por Qué Lenguas?

Nuestro Señor Jesucristo, anhela fervientemente que cada uno de sus hijos viva saturado, impregnado del Espíritu Santo. Esa es su voluntad para nosotros. Por eso Él ordeno:

*"Y reuniéndolos,* **les mandó que no salieran de Jerusalén** *(Ciudad de Paz),* **sino que esperaran la promesa del Padre:** *"La cual," les dijo, "oyeron de Mí; porque Juan bautizó con agua,* **pero ustedes serán bautizados con el Espíritu Santo dentro de pocos días".** *Hechos 1:4-5 (NBLH)*

**"...sean llenos del Espíritu Santo."** *Efesios 5:18 (NTV)*

Vivir repleto, con la plenitud del Espíritu, es el ideal de Dios para todos sus hijos. Tan importante es, que el Señor ha proporcionado una señal para que el verdadero cristiano pueda saber si ha alcanzado o recibido esa gloriosa experiencia del Espíritu. En Dios no hay incertidumbre, inseguridad, mudanza ni

sombra de variación. Él no quiere que andemos a tientas ni desorientados en el mar de la duda y el temor; no desea que seamos engañados, empujados por cualquier viento de nuevas modalidades y enseñanzas erradas. Por ello, Dios nos ha proporcionado una señal inequívoca, un acontecimiento físico audible para que todo aquél que busca el bautismo en el Espíritu Santo, tenga la certeza, la seguridad de que lo ha recibido.

Hay muchas manifestaciones del Espíritu, pero sólo un bautismo en el Espíritu Santo. Si no hubiera una evidencia exclusiva, distintiva y sobrenatural del bautismo en el Espíritu, por la cual éste pudiera ser distinguido de toda otra operación del Espíritu, ¿cómo se podría estar seguro de tal experiencia? Creemos que la evidencia inicial del bautismo en el Espíritu Santo es hablar en otras lenguas, como el Espíritu da para hablar, como aconteció en el día de Pentecostés, el modelo original.

Juan Crisóstomo, (345 D.C.) nacido en Antioquia. Predicador ardiente y mejor conocido como "la boca de oro", por su elocuencia, dijo lo siguiente en relación a las lenguas: "Todo aquél que era bautizado en los días apostólicos, hablaba de inmediato en lenguas; recibía al instante el Espíritu; no que veía el Espíritu, porque Él es invisible, más la

gracia de Dios concedía alguna prueba sensible de su energía. Hacía comprender a los de afuera que era el Espíritu el que hablaba en la persona misma."

Como ya hemos visto, el hablar en lenguas cuando se recibe el bautismo del Espíritu, es la norma, la regla bíblica. Pero debemos preguntarnos ¿por qué los creyentes, cuando reciben esta bendita experiencia, hablan en otras lenguas? ¿Cuál es el propósito divino de esta manifestación?

Hay quienes argumentan frecuentemente que el hablar en otras lenguas es bíblicamente correcto, escritural, pero que las mismas no son muy importantes y que ya no existen. Creo entonces pertinente que vayamos nuevamente a las páginas sagradas y prestemos mucha atención a sus enseñanzas. La Biblia es la base fundamental de nuestra vida espiritual, la guía infalible de fe y conducta.

Debemos tener muy presente que las Escrituras hablan abundantemente del tema que nos ocupa y no es difícil ni explicarlo y ni entenderlo, para los que creen en la Biblia, como la Palabra de Dios. El apóstol Pablo, le dedicó al don de hablar en lenguas prácticamente un capítulo y en cambio sobre otros dones que algunos pudieran considerar

más importantes, apenas escribió una oración. Así nos deja saber con ello, la importancia y trascendencia del mismo.

## ¿Por qué hablar lenguas?

El hablar en otras lenguas es la confirmación y señal de la cual el profeta mayor del Antiguo Testamento, Isaías, había declarado:

*"porque en lengua de tartamudos, y en extraña lengua hablará a este pueblo,"*
*Isaías 28:11(RVR1960)*

Este pasaje bíblico en su origen va dirigido a Judá, pero ahora en el Nuevo Testamento el apóstol Pablo lo toma e interpreta como que el cumplimiento de hablar en lenguas, es una señal a los no creyentes e incrédulos.

*"En la ley está escrito: En otras lenguas y con otros labios hablaré a este pueblo; y ni aun así me oirán, dice el Señor. Así que, **las lenguas son por señal,** no a los creyentes, sino a los incrédulos;…"*
*1Corintios 14:21-22(RVR1960)*

Así que Pablo explicó e interpretó el hablar lenguas como la señal que acompañaría el bautismo, como una parte esencial de la llenura en el Espíritu Santo. Tomando esta profecía vigente a partir del día de Pentecostés y reiterada cada vez que un creyente recibe la gloriosa experiencia de la plenitud del Santo Espíritu. El hablar en lenguas no es solamente

una señal, ni algo que ha sido agregado al bautismo; es una parte primaria, básica y fundamental del bautismo en el Espíritu Santo, el bautismo Pentecostal.

El hablar en otras lenguas es la marca, la señal o evidencia de los que creen, de los creyentes. Uno de los pasajes más importantes de la Biblia es cuando el Señor Jesús nos da la Gran Comisión a cada cristiano, a la Iglesia. Su tremenda importancia ha sido reconocida universalmente por la Iglesia a través de los tiempos, pero junto con la Gran Comisión, Jesús nos habló de ciertas señales que identificarían a los creyentes verdaderos.

*"Y les dijo: Id por todo el mundo y predicad el evangelio a toda criatura. El que creyere y fuere bautizado, será salvo; más el que no creyere, será condenado.* **Y estas señales seguirán a los que creen: En mi nombre echarán fuera demonios; hablarán nuevas lenguas;"** *San Marcos 16:15-17(RVR1960)*

La sanidad a los enfermos y el echar fuera demonios son señales que siguen e identifican a los creyentes, pero también está incluido dentro del equipamiento de la evangelización, el hablar nuevas lenguas. El que nuestro Señor Jesucristo haya incluido el hablar en lenguas en su Gran Comisión, sin lugar a dudas le dio

validez y una destacada importancia. Por tanto, esto llama enfáticamente la atención y reviste de gran importancia y trascendencia su manifestación.

Usted puede ser miembro de una iglesia, pero si duda de lo sobrenatural en Dios, nunca lo experimentará en su vida. Jesús dijo claramente:

**"Y estas señales seguirán a los que creen:..."** San Marcos 6:15(RVR1960)

Es a los que creen en la manifestación del Espíritu Santo, a quienes seguirá el mover sobrenatural del Espíritu, les acompañara, y lo experimentarán. Pero si usted es un incrédulo a la manifestación del Espíritu Santo, usted nunca recibirá el cumplimiento de dicha promesa.

Hay muchos que dicen que no es necesario recibir el bautismo en el Espíritu Santo, porque según ellos, miles de personas han vivido santamente sin hablar en lenguas. No queremos ser jueces, pero sabemos esto: No debemos cambiar la Biblia por los hombres, pero sí debemos juzgar a los hombres por la Biblia. La promesa es para nosotros hoy, si queremos aceptarla.

Resumo lo antes dicho citando a L. Pethrus, quien fue uno de los pioneros del

Pentecostalismo y fundador del partido político Democristianos en Suecia: "El bautismo en el Espíritu Santo está tan íntimamente relacionado con nuestra voluntad que si ésta no está estregada a Él, habrá continuamente lucha y contención".

El hablar en lenguas es una de las formas que usa el Espíritu Santo para dar honor, honra y gloria a nuestro Señor y Salvador Jesucristo. Jesús, al hablar de la obra que el Espíritu Santo realizaría cuando llegara, afirma que sería la de exaltarlo.

*"...él dará testimonio acerca de mí."*
*San Juan 15:26(RVR1960)*

*"Él me glorificará; porque tomará de lo mío, y os lo hará saber".*
*San Juan 6:14(RVR1960)*

El acto de exaltación de Cristo atribuido al Espíritu Santo se expresa más directamente por la palabra **glorificar.** La obra del Espíritu Santo en **revelar** a Cristo y está íntimamente relacionada con **glorificarle.** A su vez, el ser humano que se ha beneficiado con la revelación de Jesús, no puede hacer otra cosa sino glorificarlo. Por tanto, la glorificación de Jesús, hecha por el Espíritu Santo, fue en el pasado, es en el presente, y será en el futuro.

Esto quedó evidenciado y confirmado el día de Pentecostés y en cada manifestación del bautismo en el Espíritu Santo.

*"¡Y los oímos hablar en nuestras propias lenguas de las maravillas de Dios!" Hechos 2:11 (DHH)*

**"Porque los oían que hablaban en lenguas, y que magnificaban a Dios".**
*Hechos 10:46(RVR1960)*

Hemos visto que por medio del hablar en lenguas por el Espíritu, traemos y damos gloria, exaltamos, magnificamos el nombre glorioso de nuestro Señor y Rey. Sin duda el bautismo en el Espíritu Santo es verdaderamente sumergir el espíritu humano dentro del divino, de tal manera que nos habilita y faculta para el ministerio de exaltar, adorar, alabar y dar gloria al Señor Jesús.

Esto incluye entonar cánticos espirituales, en el Espíritu:

**"…cantaré con el espíritu,** *pero cantaré también con el entendimiento"*
*1 Corintios 14:15(RVR1960)*

**"…cánticos espirituales,** *cantando y alabando al Señor en vuestros corazones"*
*Efesios 5:19(RVR1960)*

*"…cantando con gracia en vuestros corazones al Señor con salmos e himnos y* **cánticos espirituales".**
*Colosenses 3:16(RVR1960)*

¡Qué privilegio y gozo que Él pueda utilizar nuestros labios para pronunciar loores y exaltación tan elevados a Dios!

Recuerdo con profunda impresión, una muy querida hermana en la fe que pastoree, la hermana, Juanita, que en ocasiones, cuando la tomaba el Espíritu Santo comenzaba a cantar y alabar a Dios en lenguas angelicales o celestiales. Todo el lugar quedaba impregnado de una solemnidad, santidad y gloria que todos los presentes nos postrábamos reverentemente ante la presencia de nuestro Dios. ¡Qué presencia, qué gloria, qué sublimidad! Era como estar ante el trono de Dios. Salíamos edificados, ungidos y totalmente restaurados; con gozo inefable, inexpresable e indescriptible.

Afirmamos entonces, que todo aquel que habla en lenguas genuinas y exalta a Dios, ha recibido el bautismo en el Espíritu Santo, el bautismo Pentecostal.

El hablar lenguas es un medio de comunicación directa entre el cristiano y su Señor. Es poder hablar en el idioma o lenguaje de Dios, un lenguaje que ningún hombre

puede entender excepto el mismo Señor. Esta verdad aquí revelada es la que muchos no pueden entender. Bien declaran las Escrituras cuando afirman:

*"pero los que no son espirituales no pueden recibir esas verdades de parte del Espíritu de Dios. Todo les suena ridículo y no pueden entenderlo, porque solo los que son espirituales pueden entender lo que el Espíritu quiere decir. Los que son espirituales pueden evaluar todas las cosas, pero ellos mismos no pueden ser evaluados por otros." 1 Corintios 2:14-15 (NTV)*

El hablar en lenguas, inspirados por el Espíritu Divino, es el lenguaje celestial, el idioma de Dios. Claro está, si nos ubicamos desde el plano de la incredulidad y del prejuicio, ciertísimamente esta verdad revelada, la vamos a rechazar. Una vez más, volvamos a la Santa Biblia y sin prejuicios escuchemos y aceptemos su voz autorizada.

*"Pues, **si alguien tiene la capacidad de hablar en lenguas, le hablará solamente a Dios,** dado que la gente no podrá entenderle. **Hablará por el poder del Espíritu, pero todo será un misterio."***
*1 Corintios 14:2 (NTV)*

Muchos se preguntan una y otra vez: ¿Cuál es el valor y propósito de Dios, para que hablemos en lenguas? He aquí una razón más

de la importancia de hablar en lenguas y si fuera la única, razón es más que suficiente. El que habla lenguas, habla con Dios en una lengua maravillosa y gloriosa... secretos espirituales.

Como hemos visto este hablar en lenguas no es para hablar a los hombres, sino para tener profunda comunión con Dios. Al tener comunión con Dios de esta manera, somos libres de las limitaciones y restricciones de nuestra mente finita. No estamos restringidos a hablar únicamente de las cosas que hemos aprendido por nuestro intelecto.

Somos liberados para hablar en otras lenguas, cosas que intuitivamente el Espíritu de Dios nos ha enseñado, cosas profundas, cosas que aún siguen siendo misterios para nuestra mente finita.

*"Más hablamos sabiduría de Dios en misterio, la sabiduría oculta, la cual Dios predestinó antes de los siglos para nuestra gloria, la que ninguno de los príncipes de este siglo conoció; porque si la hubieran conocido, nunca habrían crucificado al Señor de gloria. Antes bien, como está escrito: Cosas que ojo no vio, ni oído oyó, Ni han subido en corazón de hombre, Son las que Dios ha preparado para los que le aman. Pero Dios nos las reveló a nosotros por el Espíritu; porque el Espíritu todo lo escudriña, aun lo profundo de Dios.*

*Porque ¿quién de los hombres sabe las cosas del hombre, sino el espíritu del hombre que está en él? Así tampoco nadie conoció las cosas de Dios, sino el Espíritu de Dios.*

*Y nosotros no hemos recibido el espíritu del mundo, sino el Espíritu que proviene de Dios, para que sepamos lo que Dios nos ha concedido, lo cual también hablamos, no con palabras enseñadas por sabiduría humana, sino con las que enseña el Espíritu, acomodando lo espiritual a lo espiritual."*
*1 Corintios 2:7-13 (RVR1960)*

El apóstol Pablo teniendo muy claro esto, expresa con un énfasis de intimidad:

**"Doy gracias a Dios que hablo en lenguas más que todos vosotros;"**
*1 Corintios 14:18 (RVR1960)*

Pablo da gracias a Dios por la bendición de hablar en lenguas, que es un regalo, un don que obtenemos a través de su Espíritu. Se nos da el privilegio de hablar misterios, secretos íntimos y en cualquier tiempo, lugar o circunstancia. Podemos tener comunión íntima con Dios. Podemos orar, cantar, expresar gratitud y bendecir y exaltar a Dios en el Espíritu.

Sin lugar a dudas, el problema humano, el de la mente natural, es querer entender una plática espiritual que es con Dios y no con el

hombre. El lugar donde actúa no es en la mente, sino en el Espíritu. Esta lengua o lenguas que el creyente habla es lenguaje divino, no humano. Ese es todo el misterio, amado. Esto es claro y fácil y sencillo de entender, si creemos que la Palabra, es la voz de Dios hablándonos.

Ahora podemos ver que el hablar en lenguas es un recurso y un medio del Espíritu, para la edificación personal del creyente:

*"El que habla en lengua extraña, **a sí mismo se edifica;…**" 1Corintios 14:4(RVR1960)*

Hay quienes no pueden comprender, mucho menos cuando escuchan a alguien hablando lenguas, ni pueden ver bendición alguna en ello. El texto es claro en su enseñanza; declara que el hablar lenguas en primer lugar, no es con el propósito de edificar al oyente, sino al que las habla. Sólo cuando las mismas son interpretadas, entonces edifica a los oyentes y a la iglesia.

Cuando hablamos en lenguas, aunque las palabras parezcan un misterio para nuestro intelecto, nos estamos fortaleciendo en la fe, en la vida espiritual y en el carácter piadoso del creyente. Esta obra de edificación es realizada por medio del hablar lenguas por el Espíritu, por medio del cual, nos vamos transformando.

El hablar en otras lenguas es un ejercicio espiritual diseñado para nuestro propio bien. Por medio de este, nos mantenemos firmes y creciendo consistentemente. Es importante practicar este don.

Queda demostrado que Pablo creía firmemente en la edificación y fortalecimiento del que habla lenguas, cuando dijo:

*"Doy gracias a Dios que hablo en lenguas más que todos vosotros;" 1 Corintios 14:18 (RVR1960)*

Únicamente hasta que una persona sea bautizada en el Espíritu Santo y hable lenguas, es que entonces entenderá y comprenderá la bendición maravillosa y poderosa de este misterio. Una vez recibe la llenura del Espíritu, encuentra en ésta experiencia sobrenatural, una portentosa fuerza interior, un poder espiritual irresistible, que lo capacitará para ser un testigo fiel de Cristo Rey.

Ahora el Señor, por su palabra, nos muestra otro secreto poderoso sobre el hablar en otras lenguas.

*"Por lo cual, el que habla en lengua extraña, **pida en oración poder interpretarla. Porque si yo oro en lengua desconocida, mi espíritu ora,** pero mi entendimiento queda sin fruto. ¿Qué, pues? **Oraré con el espíritu,** pero oraré también con el entendimiento; cantaré con el espíritu, pero*

*cantaré también con el entendimiento. Porque si bendices sólo con el espíritu, el que ocupa lugar de simple oyente,* **¿cómo dirá el Amén a tu acción de gracias?** *pues no sabe lo que has dicho. Porque tú, a la verdad,* **bien das gracias;** *pero el otro no es edificado." 1Corintios 14:13-17(RVR1960)*

La gran revelación que resaltaremos aquí es que el hablar en lenguas es una forma poderosa de orar en él y por el Espíritu. También nos muestra el don de Interpretación de lenguas para traer mensaje de Dios a los oyentes para edificación. Esto debe ser pedido en oración. Si le place al Espíritu Santo, dar la interpretación, Él la dará; porque esta manifestación no es obra del que habla lenguas ni del intérprete, sino de Él. (Este don será tratado ampliamente en nuestro próximo libro.)

También, por medio del hablar en lenguas, damos por el Espíritu, acciones de gracias y adoración a Dios. El Espíritu por medio de las lenguas nos dirigirá a dar gracias a Dios, aun por muchas cosas que hemos olvidado. Porque somos dados a olvidar las cosas buenas que recibimos a diario de Dios. Por ello el Salmista exclama:

*"Bendice, alma mía, a Jehová, Y bendiga todo mi ser su santo nombre. Bendice, alma mía, a Jehová,* **Y no**

*olvides ninguno de sus beneficios."*
*Salmos 103:1-2(RVR1960)*

Quiero enfatizar y subrayar que Pablo dice que el hablar en lenguas es la manera más perfecta de dar gracias.

"Porque tú, a la verdad, **bien das gracias;…**"

Ahora miremos esta gloriosa revelación del hablar en lenguas, que es orar en él y por el Espíritu. Este es uno de los beneficios benditos de ser bautizados en el Espíritu Santo.

**"Porque si yo oro en lengua desconocida, mi espíritu ora…"**

Uno de los propósitos principales de hablar en lenguas es orar en el Espíritu. La frase orar en el Espíritu, es usada para describir la oración que sobrepasa las limitaciones de nuestro intelecto y nuestros conocimientos.

La oración en el Espíritu es sumamente beneficiosa, pues eleva el alma a alturas celestiales inconcebibles, haciéndonos comprender la grandeza y la sublimidad del amor de Dios. Ella afirma y fortalece nuestra fe:

*"Pero vosotros, amados, edificándoos sobre vuestra santísima fe, orando en el Espíritu Santo,"*
*Judas 20(RVR1960)*

Cuando hablamos lenguas, estamos orando a Dios, hablándole en el lenguaje celestial, divino, lo que el Espíritu nos ordena o inspira. Él sí sabe lo que conviene decirle al Padre. Como veremos, ésta es una manera segura de no hacer oraciones superfluas, vanas, impropias o desagradables a Dios. Mas al contrario, cuando hablamos en otras lenguas, nos comunicamos con Dios en una oración por el Espíritu, llena de autoridad y profundidad, que expresa con exactitud de que tenemos necesidad. El Espíritu Santo, viene en nuestro auxilio y ayuda. Nos capacita para orar correctamente, a través de las lenguas:

*"Y de igual manera **el Espíritu nos ayuda en nuestra debilidad; pues qué hemos de pedir como conviene, no lo sabemos, pero el Espíritu mismo intercede por nosotros con gemidos indecibles.** Mas el que escudriña los corazones sabe cuál es la intención del Espíritu, porque conforme a la voluntad de Dios intercede por los santos." Romanos 8:26-27(RVR1960)*

Sin lugar a dudas existen momentos en nuestra vida de mucha tensión, excitación e intranquilidad. Tormentas repentinas y pruebas abrumadoras, cuando, humanamente hablando, parece que todas las puertas se cierran a nuestro alrededor. El cielo parece de bronce y nos es imposible hilvanar oraciones,

para presentarnos delante del Altísimo. La carga es muy pesada y el desánimo nos quita la iniciativa y la fuerza. Es en esos momentos de turbulencia, cuando el Espíritu Santo, el divino Paracleto, nos proporciona un socorro especial.

**"Y de igual manera el Espíritu nos ayuda en nuestra debilidad;…"**

¡Qué alivio maravilloso es entender que el Espíritu Santo, nos conoce mejor que nosotros mismos! Él sabe quiénes somos, dónde estamos y cómo estamos. Él también conoce la voluntad y respuesta del Padre para cada necesidad. Su sabiduría y poder, sustituyen nuestra falta de sabiduría. El Espíritu Santo, sustituye nuestras debilidades y deficiencias en la oración. Y más que eso, está presto para poner las palabras precisas que oramos con nuestros labios, para que sean según la voluntad de Dios.

**"Más el que escudriña los corazones sabe cuál es la intención del Espíritu, porque conforme a la voluntad de Dios intercede por los santos."**

Cuando oramos en lenguas, el Espíritu Santo, guía nuestro espíritu a orar de acuerdo a la voluntad de Dios. Decimos misterios que en nuestra mente racional no podemos

comprender. Esta es la belleza de orar en lenguas.

## "pero el Espíritu mismo intercede por nosotros con gemidos indecibles."

En el griego literalmente dice:

"El Espíritu Santo intercede por nosotros con gemidos que no pueden ser expresado en lenguaje usual, común."

Es en esos momentos, cuando nos faltan fuerzas para orar, que el Espíritu toma nuestra lengua, gemidos indecibles salen de nuestra boca, gemidos inexpresables e inefables salen de nuestra garganta, sonidos ininteligibles, palabras extrañas pronuncian nuestros labios. Es el Espíritu que está orando, intercediendo por nosotros. Y el Padre, que conoce perfectamente la voz del Espíritu, envía su gracia, su poder y su amor. Nos reconforta y fortalece avivando nuestra fe conduciéndonos a un triunfo seguro.

Permítame presentarle los textos de Romanos que hemos visto antes, pero en otra versión bíblica:

*"De igual manera, el Espíritu nos ayuda en nuestra debilidad. Por ejemplo, cuando no sabemos qué pedirle a Dios, el Espíritu mismo le pide a Dios por nosotros. El Espíritu le habla a Dios a través de gemidos imposibles de expresar con palabras. Pero Dios nos*

*conoce a fondo y entiende lo que el Espíritu quiere decir, porque el Espíritu ruega a favor de su pueblo santo de acuerdo a la voluntad de Dios."*
Romanos 8:26-27 (PDT)

Ahora bien, ¿cuándo y cómo sucede esto? Esto sucede cuando oramos en el Espíritu. Únicamente cuando tenemos el auxilio del Espíritu Santo en la oración, es que podemos hacer realidad en nuestra vida las palabras divinas dadas por el apóstol Pablo:

**"orando en todo tiempo con toda oración y súplica en el Espíritu,** *y velando en ello con toda perseverancia y súplica por todos los santos;"*
Efesios 6:18(RVR1960)

Un compañero de ministerio respondiendo a un llamado misionero salió junto a su familia para Colombia. En el cumplimiento de su misión, quería llegar a una de las tribus que estaban siendo evangelizados. Para ello tenían que cruzar un río caudaloso y peligroso, para poder llegar. Los indígenas habían cruzado a buscarlo en sus piraguas; que es una embarcación larga y estrecha, hecha generalmente del tronco de un árbol, que se navega a remo.

El misionero se montó en la piragua para ser trasladado a la otra ribera. Pero cuando ya están aproximadamente en medio del ancho

rio, por un movimiento brusco la piragua se volcó. Cuenta él que por no ser experto nadador y menos en aguas turbulentas, comenzó a hundirse una y otra vez. Cuando él ya creía que había llegado su hora de volar a la eternidad, porque había comenzado a hundirse y a perder el conocimiento de momento sintió una mano fuerte y poderosa que lo impulso y fue lanzado a la orilla. Aquel milagro provoco que muchos indígenas recibieran a Cristo como Salvador. ¡Aleluya!

Semanas después vino a Puerto Rico algunas diligencias ministeriales y estando en una iglesia testificando su experiencia, al finalizar el culto una anciana se le acercó y le pregunto la fecha y hora de lo acontecido. Ella le dijo: que ese día, a la misma hora ella oraba e intercedía con gemido en el Espíritu, hablando lenguas a favor de él. Ella sentía es su espíritu que algo malo estaba sucediendo, cuando de momento sintió paz, como señal que el Señor había obrado a su favor.

¡Gloria Dios! Por hombres y mujeres que interceden en otras lenguas, provocando en el mundo espiritual, el mover de Dios y desasiendo las maquinaciones del enemigo de nuestras almas. ¡Amen!

**Lectura, análisis y compresión del texto.**

Capítulo IX    ¿Por qué Lenguas?

1. ¿Cuál es el anhelo del Señor Jesús?
2. ¿Por qué el hablar en lenguas es cumplimiento fiel de las profecías?
3. ¿Por qué el hablar en lenguas es esencial en la adoración?
4. ¿Por qué el hablar en lenguas es comunicación directa con Dios?
5. ¿Cómo el hablar en lenguas nos ayuda en la oración?

# *INTERLUDIO*

## ESPÍRITU SANTO
Poema por: Hilda R. Velázquez

Fue en el aposento alto
ante la oración y el ruego
que el día de Pentecostés
los cielos fueron abiertos.

Estando unánimes, juntos,
desde arriba hubo un estruendo
que soplaba con gran fuerza,
similar a un viento recio.

Luego aparecieron lenguas
semejantes a un gran fuego
como corona de oro
sobre cada uno de ellos.

Era el Espíritu Santo
que los llenaba por dentro
y hablaban en otras lenguas
aunque eran galileos.

Todos quedaron atónitos
maravillados, perplejos
¡Ocurría lo anunciados
para los días postreros!

Por eso, habrá profecías,
visiones y grandes sueños,
mil señales en la tierra
y prodigios en el cielo.

# X. La Lengua Santificada

¿Por qué Dios escogió el hablar en lenguas como la evidencia inicial y física de recibir el bautismo en el Espíritu Santo? Ante interrogantes como esta y tantas otras que nos asaltan, tenemos que tener presente que nuestro Dios es soberano y no tiene que explicar sus acciones. Por ejemplo, ¿por qué eligió sangre para la expiación del pecado? ¿Por qué las lenguas?

Ciertamente va más allá de nuestra imaginación y de nuestro finito entendimiento. Nosotros no podemos negar, ni manipular la Biblia diciendo que los capítulos o textos que enseñan y establecen la doctrina del Bautismo en el Espíritu Santo, el bautismo Pentecostal, no tienen validez y que ya pasaron de moda. Muchos tratan de disculpar a Dios por lo que hizo, porque lo consideran como un exceso de emocionalismo o de fanatismo desmedido.

El hablar en otras lenguas es para algunos una manifestación espuria, vana. En cambio, Pablo

enseña que es una manifestación del Espíritu para provecho, para edificación, como hemos visto. ¿Cómo una persona que no ha recibido esta bendita llenura del Espíritu, pueda señalar que no es de utilidad ni beneficio? Esto es algo ilógico, no tiene razón de ser. Declarar esta experiencia inservible, de poco provecho, cuando no se posee y se desconoce. ¿Por qué entonces, tanto antagonismo y persecución contra aquellos que experimentan esta bendita bendición? Lo que sucede es que a muchos le es una amargura, el saber que hay creyentes que reciben el Espíritu y hablan lenguas. Ellos por su incredulidad, dureza e indiferencia no han obtenido ni experimentado este regalo de Dios, para los que creen.

Sin lugar a dudas esta doctrina bíblica, así como la doctrina de la Trinidad, el Rapto de la Iglesia y otras, causan muchas discusiones y a la vez muchas controversias. No por ello deja de ser una verdad revelada y escritural. Dios por medio del apóstol Pablo nos exhorta:

**"Así que, quisiera que todos vosotros hablaseis en lenguas..."**
*1 Corintios 14:5 (RVR1960)*

Que gloria y bendición, que podemos comunicarnos en nuestro propio idioma, pero

el hablar en lenguas nos proporciona otra forma de comunicarnos que es muy edificante para el alma y el espíritu, como ha quedado demostrado. El deseo de nuestro hermano Pablo es que todos hablen en lenguas. Él, mejor que nadie conocía los beneficios y bendiciones del hablar en otras lenguas. Por ello su más ardiente anhelo era que todos recibamos dicha experiencia. El apóstol dió gracias a Dios por este Don sobrenatural.

*"Doy gracias a Dios de que hablo en lenguas más que todos ustedes," 1 Corintios 14:18 (RVR1960)*

Sí, el apóstol Pablo fue agradecido y tuvo en aprecio, en gran estima lo que Dios le había regalado, ¿Por qué entonces nosotros no vamos a estar contentos con el don de hablar en lenguas? Esto le llevó a enseñar y dedicar prácticamente todo un capítulo al hablar en otras lenguas, dejando claramente establecido:

**"...y no impidáis el hablar lenguas;"**
*1 Corintios 14:39 (RVR1960)*

Podemos ver que el hablar en lenguas era parte del culto divino de la Iglesia Primitiva, leemos:

*"En resumen, hermanos, cuando ustedes se reúnan, unos pueden cantar salmos, otros pueden enseñar, o comunicar lo que Dios les haya revelado, o **hablar en lenguas extrañas,** o interpretarlas. Pero que todo*

*sea para edificación mutua.”*
*1 Corintios 14:26 (DHH)*

Queda claramente demostrado que el hablar en otras lenguas era costumbre y parte del culto en los primeros días de la Iglesia. Esto era algo normal, común. Pablo dice, **“tiene lengua...”** Que ahora en estos tiempos no se vea con regularidad en muchas iglesias y en cristianos, eso no es culpa de Dios, sino de aquellos que son incrédulos a la obra del Espíritu. Pero he aquí el ejemplo y legado de la Iglesia Apostólica, de la Iglesia Primitiva que debemos seguir y practicar.

Juan Wesley escribió en su diario:

“La manifestación de los dones del Espíritu Santo ha desaparecido de la Iglesia, porque la Iglesia ha perdido su espiritualidad y ha perdido el poder del Espíritu.”

Que tragedia y miseria espiritual de tantos en estos tiempos; necesitamos un nuevo derramamiento del Espíritu Santo al estilo de Pentecostés.

Estoy seguro que usted habrá escuchado el refrán pueblerino; “Siempre que abre la boca, mete la pata”. Esto para decir que cada vez que habla, hace comentarios desatinados, disparatados desafortunados, desacertados y equivocados, creando todo un caos. Cada vez

que usamos la lengua necesitamos pedirle al Señor que la toque, la enseñe, la dome y la convierta en una bendición.

¿Cuál es el miembro más rebelde, ingobernable que tenemos los seres humanos? El apóstol Santiago, hermano del Señor Jesús, responde a nuestra interrogante:

*"Y la lengua es un fuego, un mundo de maldad. La lengua está puesta entre nuestros miembros, y contamina todo el cuerpo,* e inflama la rueda de la creación, y ella misma es inflamada por el infierno.
*Porque toda naturaleza de bestias, y de aves, y de serpientes, y de seres del mar, se doma y ha sido domada por la naturaleza humana;* **pero ningún hombre puede domar la lengua, que es un mal que no puede ser refrenado, llena de veneno mortal."** *Santiago 3:6-8 (RVR1960)*

¿Sorprendido? ¿Boquiabierto? ¿Atónito? ¿Estupefacto? No es para menos, que un miembro tan pequeño sea indomable, rebelde, indómito; lleno de veneno mortal, inflamada por el mismo infierno, todo un mundo de maldad. Ningún humano en su propia fuerza o voluntad puede domar, someter o sujetar la lengua, **"que es un mal que no puede ser refrenado".** Necesitamos el auxilio, la ayuda

de Dios. Así lo reconoció el rey David cuando exclamó:

*"Pon guarda a mi boca, oh Jehová; Guarda la puerta de mis labios." Salmos 141:3 (RVR1960)*

David sabía que él no podía controlar su boca sin la ayuda de Dios, y nosotros tampoco podemos. Lo cierto es que no podemos **hacerlo sin la ayuda de Dios, pero "para Dios todo es posible",** incluso domar la lengua.

*"Y mirándolos Jesús, les dijo: Para los hombres esto es imposible;* **mas para Dios todo es posible.** *" Mateo 19:26 (RVR1960)*

**Estas es una de las razones porque Dios ha escogido el hablar en lenguas como la evidencia inicial del Bautismo del Espíritu Santo. Sólo el poder de Dios puede dominarla. La única esperanza para la lengua es el Espíritu de Dios. Ella será refrenada, renovada, sujetada en obediencia y bendición, por el Espíritu Santo.**

*"Cuando eso llegue,* **purificaré el lenguaje de los pueblos,** *para que todos me invoquen, para que todos a una me sirvan." Sofonías 3:9 (DHH)*

Alguien dijo y cito;

"de todos los dones que Dios ha concedido a los hombres, ninguno es más precioso que el don del habla. Si está santificado por el Espíritu Santo, es una fuerza para el bien"

Aunque el apóstol Santiago no menciona al Espíritu Santo, el Espíritu de Dios, es capaz de traer la lengua bajo control. San Agustín, el mayor teólogo católico dijo:

"declaramos que por la misericordia de Dios, con la ayuda de Dios, por la gracia de Dios, la lengua puede ser traída a sumisión."

Sólo el Señor nos sensibiliza y nos hace entender nuestra impotencia, incapacidad humana para luchar contra el pecado de la lengua dominada e inflamada por el mismo infierno. Es sensato y justo que entreguemos a Dios todo nuestro ser y sobre todo el dominio de la lengua, para que a través del bautismo de Pentecostés, Él la santifique, la purifique y la consagre. Cuando hablamos en lenguas por primera vez bajo la inspiración del Espíritu, eso significa, implica que comienza a manifestarse una rendición, sometimiento, entrega completa de todo nuestros miembros al Señor y el comienza a tomar control de todo nuestro ser. Si entregamos la lengua al Señor, podemos consagrar cualquier miembro de nuestro cuerpo.

Algunos en su desconocimiento le dicen al Señor en oración; "yo quiero el bautismo de Pentecostés, quiero el poder, la unción del Espíritu, pero por favor deja mi lengua quieta, tranquila. No me pongas a hablar en otras lenguas." Me parece a mí, que el Señor dice; "precisamente esto es lo que yo deseo, anhelo para ti, mi hijo." **"…y no impidáis el hablar lenguas;"** y **"quisiera que todos vosotros hablaseis en lenguas…"**

¿Por qué lenguas? Porque el mensaje que se nos ha encomendado a proclamar al mundo, hasta lo último de la tierra, necesita de unos labios purificados, de una boca santificada, para cumplir con dicha comisión. Esta fue la experiencia del profeta Isaías:

*"Entonces dije: "¡Ay de mí! Porque perdido estoy,* **Pues soy hombre de labios inmundos** *y en medio de un pueblo de labios inmundos habito, Porque mis ojos han visto al Rey, el Señor de los ejércitos."* **Entonces voló hacia mí uno de los serafines con un carbón encendido** *en su mano, que había tomado del altar con las tenazas.* **Con él tocó mi boca, y me dijo: "Esto ha tocado tus labios, y es quitada tu iniquidad y perdonado tu pecado." Y oí la voz del Señor que decía: "¿A quién enviaré, y quién irá por nosotros?" "Aquí estoy; envíame a mí," le respondí. Y Él**

144

**dijo: "Ve, y dile a este pueblo:.."**
*Isaías 6:5-9 (NBLH)*

Una vez hemos experimentado esa llenura, el bautismo divino, donde el Espíritu de Dios ha tomado control y dominio de nuestra lengua habiéndola purificado ya estamos habilitados, preparados para proclamar, anunciar las Buenas Nuevas de Salvación que el Señor nos encomendó:

*"Y les dijo: Id por todo el mundo y proclamad el evangelio a toda criatura."*
*Marcos 16:15 (RVR1977)*

*"pero recibiréis poder, cuando haya venido sobre vosotros el Espíritu Santo, y me seréis testigos en Jerusalén, en toda Judea, en Samaria, y hasta lo último de la tierra." Hechos 1:8 (RVR1960)*

El apóstol Pablo exclama con profunda convicción y autoridad:

*"No me avergüenzo del evangelio, porque es poder de Dios para salvación de todo aquel que cree,..."*
*Romanos 1:16 (RVR1995)* ¡ALELUYA!

Permítame dejar diáfanamente claro y establecido que, ¡una lengua indómita, no consagrada puede hacer que toda la santidad y religiosidad sea completamente inservible! Hace de nuestra actividad espiritual, absolutamente inútil ante los ojos de Dios:

*"Si alguno se cree religioso entre vosotros, y no refrena su lengua, sino que engaña su corazón, la religión del tal es vana."* Santiago 1:26 (RVR1960)

Permítame presentarle esta otra versión bíblica:

*"Si alguien se cree muy santo y no cuida sus palabras, se engaña a sí mismo y de nada le sirve tanta religiosidad."* Santiago 1:26 (TLA)

Como hubiera exclamado un amado hermano en el Señor, que tuve el honor de pastorear, hoy en presencia de su Salvador: ¡Clarito, clarito, clarito!


**Lectura, análisis y compresión del texto.**

Capítulo X    La Lengua Santificada

1. ¿Por qué los dones del Espíritu han desaparecido, según Wesley?

2. ¿Qué dice Santiago de la lengua no gobernada por el Espíritu?

3. ¿Qué puede hacer el bautismo en el Espíritu, con la lengua indomable?

4. ¿Por qué es tan importante que el Espíritu Santo gobierne nuestra lengua?

# XI. Manifestaciones

L a persona que recibe el bautismo de Pentecostés, el bautismo del Espíritu Santo, es inundada con gloria divina que electrifica toda su naturaleza. Es tan sublime, tan excelsa, tan gloriosa, tan arrobadora, tan maravillosa y milagrosa, que todo su ser es conmovido, revolucionado y trastocado por el poder de Dios.

Frecuentemente, cuando desciende el Espíritu Santo, produce una "sacudida intensa" en el creyente, que llena el alma de éxtasis celestial. Es el resultado de que todo su ser ha sido saturado, henchido por la gloria de Dios. No todas las experiencias son iguales. Así que no debemos esperar que todo el mundo reaccione de la misma manera. Debemos tener presente que cada uno reacciona de acuerdo a la intensidad de la presencia divina en ellos y su natural manera de ser, según su temperamento o carácter.

Los discípulos que recibieron el bautismo Pentecostal en el Aposento Alto, eran

diferentes los unos de los otros. Tenían sus propios temperamentos y caracteres. Eran distintos en su formación intelectual. Mas todos estaban orando unánimes, todos esperaban el mismo poder, y todos recibieron el Espíritu Santo. Es obvio que ellos fueron sacudidos, estremecidos profundamente, porque la gente empezó a burlase de ellos, diciendo que estaban ebrios, borrachos. Evidenciando así el impacto que produce en el ser humano el bautismo del Espíritu, ya sean tenues o intensos.

Deseo dejar bien claro, bien establecido que el Espíritu de Dios obra, se manifiesta de muchas y diversas maneras, pero solo hay un bautismo en el Espíritu Santo.

*"Y hay diferentes manifestaciones de poder, pero es un mismo Dios, que, con su poder, lo hace todo en todos. Dios da a cada uno alguna prueba de la presencia del Espíritu, para provecho de todos."*
*1 Corintios 12:4-7 (DHH)*

*"Pero todas estas cosas las hace con su poder el único y mismo Espíritu, dando a cada persona lo que a él mejor le parece."*
*1 Corintios 12:11 (DHH)*

El Espíritu Santo es el que determina cómo, y por medio de quién Él se va a manifestar.

148

Nosotros no somos los que decidimos cuál es la manifestación que se va a producir. Esto lo decide Él, según quiere. Es el Espíritu de Dios en su soberanía el que nos usa a nosotros, si nos entregamos sin reservas a Él.

Ciertamente hay muchos que actúan bajo emociones y no bajo la unción del Espíritu. Tenemos claro que algunos son una mezcla entre lo carnal y espiritual, la imitación o la exageración, pero a pesar de ello, esto no inválida la obra genuina del Espíritu en otras personas. Las personas reaccionan a la presencia del Espíritu en una manera similar a la forma en que reaccionamos al tocar un cable eléctrico. Y de igual manera nuestra fragilidad humana reacciona cuando somos impactados, llenos por el Espíritu Santo, llegando a actuar de una manera extraña o de locura para algunos. Somo afectado física, emocional y espiritualmente, siendo imposible que seamos insensibles a su presencia. Debemos ser agradecidos. Somos bendecidos en cualquiera sea la forma en que el Espíritu decida usarnos.

Las manifestaciones y experiencias inusuales causadas por la presencia del Espíritu Santo, que se han observado con frecuencia en las reuniones de oraciones, cultos de avivamientos en todo el mundo y lo largo de

la historia de la iglesia, incluyen caídas, risas, llantos , temblor, ebriedad, la incapacidad de hablar con normalidad, tambaleándose, sintiendo el peso del cuerpo ligero o pesado de la gloria, pérdida de fuerza, los labios temblando, gritando, gimiendo, empastes de oro en dentaduras, o destellos de oro en los rostros de la gente, la sensación del viento, el calor, la electricidad, hormigueo, sanidades, visiones, ríos de agua viva y otros. El bautismo de Pentecostés, es un acto de total rendición al poder de Dios, y esta sumisión intima, tan grande al Espíritu Santo, nos toca en lo más profundo de nuestras emociones humanas. De igual forma esto ocurre hoy en día en la vida de muchos, alrededor del mundo y se ha producido a lo largo de la historia de la Iglesia.

Ahora, veamos sólo algunos ejemplos o evidencias bíblicas de las muchas manifestaciones físicas del poder de Dios, en sus siervos y registradas en las páginas sagradas. También algunos testimonios que comprueban que dichas experiencias, siguen dándose en la actualidad.

### Embriaguez Espiritual

En el día de Pentecostés, ocasión en que los discípulos fueron bautizados en el Espíritu

Santo, empezaron hablar en otras lenguas, evidencia inequívoca del bautismo Pentecostal. Ellos fueron sacudidos, estremecidos profundamente y la gente empezó a burlase de ellos, diciendo que estaban ebrios, borrachos.

*"Otros se burlaban y decían: Lo que pasa es que están borrachos. Éstos no están borrachos, como suponen ustedes. ¡Apenas son las nueve de la mañana!" Hechos 2:13 y 15. (NVI)*

Ahora en el Antiguo Testamento de tantos, elijo la vivencia del profeta Jeremías.

*"...todo el cuerpo me tiembla, parezco un borracho, un hombre dominado por el vino, por causa del Señor y de sus palabras santas."*
*Jeremías 23:9 (DHH)*

El corazón del profeta estaba quebrantado, humillado, sus huesos temblaban y él se sentía como borracho. La razón de esas manifestaciones, era por causa del Señor y de sus santas palabras.

En la Iglesia que me honro en pastorear por espacio de 25 años, estuve predicando una serie de mensaje acerca del bautismo del Espíritu Santo. Una de las enseñanzas giraba en torno a las manifestaciones que vienen acompañados con el hablar en lenguas. Dije que algunos habían tenido la experiencia de emborracharse en el Espíritu. Dos hermanas

presentes pusieron en duda dicha vivencia. Llegó la hora de la ministración y comenzamos a orar por el bautismo Pentecostal. Ambas, sus familiares tuvieron que llevárselas sostenidas, porque no podían mantenerse por sí mismas y apenas se les entendía lo que hablaban. Aun al otro día dicha experiencia les seguía. ¡Aleluya! Llenas de gozo compartieron con la Iglesia su experiencia de cómo fueron impactadas por el Espíritu de Pentecostés y se sentían como si estuvieran borrachas.

## Llanto o Gozo

Otros reciben la divina experiencia en llanto. De sus ojos vierten lágrimas al sentirse amados por Dios y también de alegría, de gozo. Hay quienes lloran profundamente conmovidos por el Espíritu Santo.

No debe sorprendernos que tanto el llanto como la risa, sean posible bajo el poder del Espíritu Santo. Debemos tener claro que, más allá de las deformaciones y exageraciones que pueden acompañar, lo que algunos llaman, "la risa santa", se trata de una manifestación de la alegría cristiana. Es el resultado o fruto del Espíritu.

*"En cambio, la clase de fruto que el Espíritu Santo produce en nuestra vida es: amor, alegría, paz, paciencia, gentileza, bondad, fidelidad,"*
*Gálatas 5:22 (NTV)*

La alegría a veces es " incontrolable " y tiene en algunos largas duraciones, en la manifestación del gozo del Señor. No hay nada de malo en esta experiencia y manifestación emocional por medio del cual expresamos nuestro amor al Señor. No puedo entender como puede ser bueno llorar y moquear ante Dios y que sea tan malo reírse ante Él. Aclaro… no estoy refiriéndome a una risa alocada, descontrolada. Dios puede producir en nosotros risa… ¡claro que sí!

*"Aún llenará tu boca de risa, Y tus labios de júbilo."*
*Job 8:21 (RVR1960)*

Sólo, sepamos separar lo que es de Dios con lo que no es. Pongamos en práctica, este sabio consejo divino.

*"Queridos hermanos, no crean ustedes a todos los que dicen estar inspirados por Dios, sino pónganlos a prueba, a ver si el espíritu que hay en ellos es de Dios o no."* 1 Juan 4:1 (DHH)

Creo firmemente que el gozo y la risa son verdadera herencia para el pueblo de Dios.

*"Cuando el SEÑOR hizo volver a los cautivos de Sion, éramos como los que sueñan.* **Entonces**

*nuestra boca se llenó de risa, y nuestra lengua de gritos de alegría;* entonces dijeron entre las naciones: Grandes cosas ha hecho el SEÑOR con ellos." Salmos 126:1-2. (LBLA) (El autor trata más ampliamente este tema en su libro: Atrévete A Reír ¡Se libre! Capitulo: Risa Santa.)

El Sr. Pentecostés, David Johannes du Plessis, (1905-1987). Nos narra su testimonio en el bautismo del Espíritu Santo.

"El gozo me superaba y grité ¡Aleluya!, pero no era suficiente, porque no expresaba lo que sentía. ¡Te alabo Señor!, tampoco alcanzaba a decir todo lo que experimentaba. Sonaba tonto comparado con el gozo del Señor, que surgía a través de mí.

¿Cómo expresarlo?, pensé. Pero antes de continuar, comencé a reír. Y reí sin parar. Sentí que no podía parar. Nadie me detuvo. Algunos rieron conmigo, obviamente porque mi risa era tan fuerte, más fuerte de lo que ninguno había escuchado. Pero nadie estaba enojado. Me sostuve el estómago y dije: ¡Señor, no puedo más. ¡Ayúdame… ayúdame a soltar lo que siento!, Intenté gritar ¡Aleluya! nuevamente. Pero no lo logré. Llegué a decir ¡A! pero el ¡Aleluya! No salió.

Comencé a hablar en lenguas, nuevos sonidos que jamás había escuchado. El Señor llenó mi boca con nuevo lenguaje. Me parecía un lenguaje muy gracioso." ¡ALELUYA!

## Fuego Santo

El joven Jeremías, mejor conocido como el profeta llorón, se sintió desanimado por las adversidades que experimento en medio de un pueblo duro de cerviz. Decidió que renunciaría a su llamado de hablar la palabra, que Dios le daba para el pueblo. Pero algo glorioso sucedió que lo energizó y pudo continuar con el ministerio profético. Permitamos que el mismo nos lo cuente;

*"Pero, fue en mi corazón como un fuego ardiente y metido en mis huesos; trabajé por sufrirlo, y no pude."*
*Jeremías 20:9 (JBS)*

Ese fuego ardiente no fue otro que el Santo Espíritu, quien le visitó con ardor, poder y le hizo comprender que su ministerio era divino, de lo alto.

De este fuego celestial, fue que profetizó Juan el Bautista, teniendo cumplimiento por primera vez en el día de Pentecostés.

*"Él os bautizará con Espíritu Santo y fuego."*
*Mateo 3:11(RVR1960)*

*"Y se les aparecieron lenguas repartidas, como de fuego, asentándose sobre cada uno de ellos."*
*Hechos 2:3 (RVR1960)*

El fuego divino, que descendió y se asentó sobre los discípulos en Pentecostés, derrite el más duro corazón, limpia la escoria y purifica el alma. Pero este fuego Pentecostal también imparte: Pasión, Ardor, Entusiasmo, Ímpetu, Carácter, Voluntad, Energía, Fogosidad, Arrojo, Furor y Vehemencia para hacer la voluntad de Dios. También nos da un nuevo amor por Jesús, un nuevo celo por la oración y el estudio de su Palabra; una pasión por los perdidos y arrojo para la proclamación del Evangelio.

Permítame compartir con usted mi testimonio, de la noche que fui bautizado con ese fuego purificador, fuego celestial, síií…, fuego Pentecostal.

Había llegado inesperadamente a nuestra Iglesia de Dios Pentecostal, de los Mangos, en la ciudad de Mayagüez P.R.; el hermano Francisco Segarra. Hombre de Dios, que tenía el ministerio de imposición de manos para sanidad y bautismo en el Espíritu Santo. Llevaba unos meses ayunando, orando y

haciendo vigilias en la búsqueda de que Dios me bautizara con su Santo Espíritu. Pero yo le tenía una serie de regulaciones o peticiones de cómo era que quería ser bautizado. Primero, que me bautizara quietecito en el altar de oración. Segundo, que nadie me impusiera las manos para recibir el bautismo. Oraba: "Señor si me vas a bautizar que seas tú directamente, como con los discípulos." Tercero, que cuando hable lenguas sea bien bajito, sin alzar la voz; porque eso es algo entre tú y yo. Cuarto, que no sea en un culto público, sino en privado. Y así oraba a Dios que me bautizara y lo anhelaba con toda mi alma, pero bajo esas condiciones.

Aquella noche gloriosa, maravillosa e inolvidable del año 1970, a Dios le plació otorgarme su regalo divino, pero como Él quiso y no conforme a mis caprichos. Alabo a Dios, glorifico su nombre, porque no tuvo en cuenta mi ignorancia atrevida. Él sabía y sabe que lo amo con todo mí ser, a pesar de mí mismo. ¡Gracias, mi amado Señor Jesús!

El hermano Segarra, después de dar unas instrucciones y palabra de fe, invito a pasar al altar a todos los que anhelaban, ser llenos del Espíritu Santo. Recuerdo que el altar se llenó de hermanos. Más de cincuenta, pasaron a buscar y recibir el regalo Divino.

Yo me quedé en la banca y me fui de rodillas a orar para que el Señor bautizara a todos mis hermanos. Después de un rato, el consejero de los jóvenes me llamo y me pidió que me uniera a un círculo de oración, que había hecho a un lado del altar, para apoyar en oración a nuestros hermanos, que estaban buscando ser bautizados. Con mucho fervor me uní al círculo para seguir orando en favor de aquellos que querían ser llenos del Espíritu. Habían transcurrido unos diez minutos y cuando más profundo e intenso estaba orando por mis hermanos, de momento, siento unas poderosas manos (de ellas salía fuego divino), que me fueron impuestas sobre mi cabeza y comencé de inmediato hablar en otras lenguas. A su vez, pude ver y sentir con mis ojos cerrados, cuando descendió sobre mi persona una llama de fuego que quemaba todo mi ser. Penetró por mi cabeza hasta llegar a mis pies. Era tan intenso, tan santo y purificador que no pude resistir y tuve que salir corriendo con mis ojos cerrados por todo el templo, porque aquel fuego glorioso me quemaba. Cuentan los allí presentes que mientras iba pasando por los hermanos que habían quedado en sus asientos, todos quedaba envueltos bajo la llama del Espíritu Santo. ¡Aleluya!

Aquella noche, fui la persona que más se movió, el que más hablaba en otras lenguas, que todos escuchaban, en un culto público, por la imposición de manos. ¡Gloria a Dios!

## Danza espiritual

El Rey David se le recuerda entre otras cosas, por danzar con todas sus fuerzas delante de Jehová, mientras el Arca era trasladada a la ciudad de Jerusalén.

*"Y David danzaba con toda su fuerza delante de Jehová; y estaba David vestido con un efod de lino. Así David y toda la casa de Israel conducían el arca de Jehová con júbilo y sonido de trompeta.*
*Cuando el arca de Jehová llegó a la ciudad de David, aconteció que Mical hija de Saúl miró desde una ventana, y vio al rey David que saltaba y danzaba delante de Jehová; y le menospreció en su corazón.*
*Metieron, pues, el arca de Jehová, y la pusieron en su lugar en medio de una tienda que David le había levantado; y sacrificó David holocaustos y ofrendas de paz delante de Jehová. Volvió luego David para bendecir su casa; y saliendo Mical a recibir a David, dijo: ¡Cuán honrado ha quedado hoy el rey de Israel, descubriéndose hoy delante de las criadas de sus siervos, como se descubre sin decoro un cualquiera! Entonces David respondió a Mical: Fue delante de Jehová, quien me eligió en preferencia a tu padre y a toda tu*

*casa, para constituirme por príncipe sobre el pueblo de Jehová, sobre Israel. Por tanto, danzaré delante de Jehová. Y aun me haré más vil que esta vez, y seré bajo a tus ojos; pero seré honrado delante de las criadas de quienes has hablado. Y Mical hija de Saúl nunca tuvo hijos hasta el día de su muerte."*
*2 Samuel 6:14-18 y 20-23  (RVR1960)*

De igual forma podemos ver en los cultos pentecostales y de avivamiento, personas saltando, corriendo y moviéndose bajo el poder del Espíritu Santo. Dichas manifestaciones no son ajenas a la presencia de Dios.

Cuando el poder de Dios tocó al cojo de la Puerta de la Hermosa, la Biblia registra que, Pedro le tomó de la mano y le levantó sobre sus pies:

*"y saltando, se puso en pie y anduvo; y entró con ellos en el templo, andando, y saltando, y alabando a Dios. Y todo el pueblo le vio andar y alabar a Dios."*
*Hechos 3:8-9  (RVR1960)*

Exponemos este milagro para evidenciar que dichas manifestaciones no son ajenas al culto, al templo y mucho menos cuando es el resultado del poder de Dios. Aquí encontramos un precedente más, para tales acontecimientos.

Debemos tener máximo cuidado de no desechar precipitadamente tales manifestaciones corporales. No siempre podemos saber que provoca el brincar y el saltar.

Tengamos presente que Mical esposa de David, no le agradó ver al Rey danzar, y comenzó a criticar, a juzgar aquella manifestación para Dios. Esto le trajo maldición, al grado que Dios le secó la matriz, quedando estéril. Nunca pudo tener hijos.

Las manifestaciones del Espíritu hoy en día, son edificantes, vivificantes e inspiradoras en la presencia de Dios. El resistir y oponerse a estas experiencias divinas, traerá como consecuencia esterilidad, maldición y muerte espiritual, como a Mical.

Peter Cartwright otro de los grandes predicadores de Avivamiento del pasado, nos cuenta en su autobiografía de algunas manifestaciones en sus cruzadas.

"No importaba si eran santos o pecadores, caían bajo la influencia de una canción, o de un sermón y eran tomados por un sacudimiento convulsivo que no podían evitar de ninguna manera y mientras más se resistían, más se sacudían. Si no luchaban contra esto y oraban de buena fe, el sacudimiento

generalmente les abatía. He visto a más de quinientas personas sacudiéndose a la misma vez en mis grandes congregaciones. Era muy usual que las personas tomadas bajo lo sacudimientos obtuvieran alivio, según decían, se levantaran y danzaran. Algunos corrían, pero no podían ir lejos. Algunos resistían; en esos casos los sacudimientos eran generalmente muy graves.

Ver a esos orgullosos caballeros jóvenes y damas jóvenes, vestidos elegantemente, con joyas, telas finas, desde la cabeza a los pies, caer bajo las sacudidas, era emocionante... En la primera sacudida o algo así, se veían volar sus finos sombreros, capas y peinetas. De repente vendría el sacudimiento de su cabezas en el que su largo pelo suelto, se agitaría tan alto como el látigo de un carretonero."

David Martyn Lloyd-Jones, (1899-1981), pastor, médico, por 30 años dirigió la famosa Capilla de Westminster en Londres, (Patrimonio de la Humanidad), dijo:

"Hay que tener cuidado en estos asuntos. ¿Qué sabemos nosotros del Espíritu Santo que cae sobre la gente? ¿Qué sabemos acerca de estas grandes manifestaciones del Espíritu Santo? Tenemos que ser muy cuidadosos para no ser encontrados luchando contra Dios,

para que no seamos culpables de apagar el Espíritu de Dios."

*"No apaguen el fuego del Espíritu."*
*1 Tesalonicenses 5:19 (DHH)*

Yo exclamo: ¡Amén…Amén…Amén!

**Lectura, análisis y compresión del texto.**

Capítulo XI    Manifestaciones

1. ¿Qué les sucede a los creyentes cuando desciende sobre ellos, el Espíritu Santo?

2. ¿Cuántas manifestaciones del Espíritu Santo se podrían enumerar?

3. ¿Cuál fue la experiencia de Jeremías?

4. ¿Cuáles efectos tiene en el creyente el fuego santo del Espíritu?

# XII.  Manifestaciones A Través de la Historia

A lo largo de la historia, veamos en los antecedentes de la iglesia, diversas manifestaciones inusuales causadas por la presencia del Espíritu Santo; a lo largo y ancho del viejo mundo, hasta llegar a nuestros días. Cristianos de todas las vertientes o tradiciones cristianas han escrito y documentado mucho sobre las manifestaciones del Espíritu, durante siglos. A pesar de todo ello, tenemos cristianos escépticos e incrédulos a la doctrina y a las manifestaciones del Espíritu Santo. El bautismo de Pentecostés es para ellos un escándalo, además de una degradación u ofensa a su inteligencia. Es algo inculto e inverosímil. Piensan que esta bendita vivencia esta relegada para una clase social y cultural inferior. Consideran que la vida demasiado espiritual raya en exageraciones, que es mística y pasada de moda. Prefieren aceptar lo que se puede explicar de manera lógica o científica.

Conciben la vida cristiana desde el punto de vista de la inteligencia y no del alma, de la mente y no del espíritu. Para ellos las Sagradas Escrituras y la obra del Espíritu no tienen ninguna credibilidad, para sus vidas.

También hay otros más dogmáticos que afirman que si alguna manifestación no está descrita en las páginas de la Biblia, no es de Dios. No podemos de inmediato concluir, sospechar, inferir, que las manifestaciones son falsas porque no hallamos una detallada descripción bíblica de cada experiencia. ¿Por qué? Porque no era precisamente la intención de los escritores bíblicos, suministrar una lista de cada una de las abundantes manifestaciones del Espíritu Santo. Pero si reconocen y establecen las multiformes gracias, diferentes formas, tantas infinitas maneras, de las manifestaciones del Espíritu.

*"Ponga cada uno al servicio de los demás el don que haya recibido, y sea un buen administrador de la gracia de Dios* **en sus diferentes manifestaciones.** *"* *1 Pedro 4:10 (RVC)*

**"Y hay diferentes manifestaciones de poder,** *pero es un mismo Dios, que, con su poder, lo hace todo en todos.* **Dios da a cada uno alguna prueba de la presencia del Espíritu,** *para provecho de todos." 1 Corintios 12:4-7 (DHH)*

**"Pero todas estas cosas las hace con su poder el único y mismo Espíritu, dando a cada persona lo que a él mejor le parece."**
*1 Corintios 12:11 (DHH)*

Habiendo establecido esto, pasemos a explicar más detalladamente lo que queremos demostrar. Que las manifestaciones que no estén registradas en las Escrituras, no necesariamente, contradicen lo escrito.

Mencionemos tan sólo un ejemplo bíblico de lo antes expresado. Resulta interesante que en el día de Pentecostés, cuando descendió el Espíritu Santo sobre los discípulos, hubo unas manifestaciones, las cuales el profeta Joel no menciona en su profecía. Como por ejemplo; lenguas de fuego, viento recio, hablar en otras lenguas y la borrachera que parecían ver algunos de los espectadores. Sin embargo, el Apóstol Pedro, lleno del Espíritu Santo declaró y afirmó:

**"Más esto es lo dicho por el profeta Joel:** *Y en los postreros días, dice Dios, Derramaré de mi Espíritu sobre toda carne, Y vuestros hijos y vuestras hijas profetizarán; Vuestros jóvenes verán visiones, Y vuestros ancianos soñarán sueños;*
*Y de cierto sobre mis siervos y sobre mis siervas en aquellos días. Derramaré de mi Espíritu, y profetizarán Y daré prodigios arriba en el cielo, Y*

*señales abajo en la tierra, Sangre y fuego y vapor de humo; El sol se convertirá en tinieblas, Y la luna en sangre, Antes que venga el día del Señor, Grande y manifiesto; Y todo aquel que invocare el nombre del Señor, será salvo." Hechos 2:16-21 (RVR1960)*

Quedó bien establecido que lo acontecido en el Aposento Alto era el cumplimiento de aquella profecía dada a través de Joel. Pero cuando usted lo analiza, examina detenidamente, no halla ningunas de las manifestaciones que el profeta menciona, en el día de Pentecostés. No por ello, podemos concluir que lo ocurrido allí no era de Dios, porque no tengamos unos textos bíblicos que así lo describan o evidencien. Pedro no tenía textos bíblicos que probaran, porque el día de Pentecostés, fue de esa manera. Algo si sabía Pedro por el Espíritu Santo, que aquellas manifestaciones eran divinas, de lo alto. Era el cumplimiento de la profecía de Joel.

Entonces; ¿Existen manifestaciones del Espíritu en las Sagradas Escrituras? Síii... ¿La Biblia contiene textos específicos que comprueben todas las experiencias que el Espíritu da? Nooo... No podemos confirmar cada experiencia, con un texto exacto de la Biblia. Sin embargo, son experiencias que están de acuerdo con lo establecido en el libro sagrado. Por tanto, no debemos menospreciar

o tener en poco una manifestación del Espíritu, porque nos parezca extraña, vil o nos desagrade y no estemos familiarizados con ella. Dios escoge específicamente las cosas despreciadas por los hombres para manifestarse.

*"También Dios escogió lo vil del mundo y lo menospreciado, y lo que no es, para deshacer lo que es,"* 1 Corintios 1:28 (RVC)

Mi Dios en su soberanía y en su sola potestad determina su voluntad para con nosotros. No tiene que consultarnos y preguntarnos. Él siempre obrará en favor nuestro, aun cuando no lo entendamos, siempre es para nuestro bien.

*"Qué grande es la riqueza de Dios, qué enorme su sabiduría y entendimiento. **Nadie puede explicar las decisiones de Dios, ni puede entender lo que hace** y cómo lo hace. ¿Quién conoce la mente del Señor? ¿Quién puede darle consejos a Dios?"* Romanos 11:33-34(PDT)

Tengamos presente que nuestro Dios tiene multiplicidad de manifestaciones, diversidad de experiencias, de expresiones o revelaciones que son mostradas al mundo, a través de la Iglesia.

*"El fin de todo esto es que la sabiduría de Dios, **en toda su diversidad,** se dé a conocer ahora, por medio de la iglesia,…" Efesios 3:10 (NBD)*

Necesitamos entrar en una relación más profunda, de mayor intimidad con nuestro Dios, permitiéndole que el rompa nuestras ideas, conceptos, tradiciones, para poder entrar en el mover de su Espíritu. Necesitamos que Él sea verdaderamente nuestro Dios, para conocer, experimentar lo que puede y quiere hacer a través de su iglesia. Porque no siempre el Espíritu en su visitación y manifestación, va actuar de la misma forma, porque Él se mueve en variadas y diversas formas. Sólo quienes le permitan obrar, podrán avanzar y alcanzar una mayor dimensión de unción y gloria.

Para esto, se requiere que nos rindamos sin reservas a Él y todo nuestro ser sea transformado, bajo la gobernanza de su Espíritu. Si lo permitimos, comenzaremos a experimentar el mover sin límite, sobrenatural, vivencial y real del Espíritu.

*"Por tanto, nosotros todos, mirando a cara descubierta como en un espejo la gloria del Señor, **somos transformados de gloria en gloria en la misma imagen, como por el Espíritu del Señor."** 2 Corintios 3:18 (RVR1960)*

La señal y las manifestaciones del Espíritu en el día de Pentecostés fueron el derramamiento original, con poder sobre la iglesia. Es el modelo de la experiencia pentecostal. No podemos negar la realidad de las manifestaciones del Espíritu, pero, esto no es sinónimo que ahora vamos a buscar las manifestaciones, las expresiones o vivencias. ¡No! Como hemos visto en el transcurso de este estudio y a través del libro sagrado, la Biblia; el creyente no busca las manifestaciones, lo que tenemos que anhelar, desear, buscar constantemente es la llenura en el Espíritu Santo. La llenura o el bautismo en el Espíritu Santo no es un fin en sí, no es una meta, es una experiencia continua y una puerta de entrada a una vida de plenitud y poder. Que enriquece y edifica al cristiano en su relación con su Salvador y en su devoción, consagración y adoración.

El conocimiento de las Escrituras unido a la llenura del Espíritu Santo en sus diversas manifestaciones, hace del creyente un discípulo balanceado, maduro y completo. Las manifestaciones en sí mismas no son señal o evidencia de espiritualidad, ni garantizan el crecimiento espiritual, ni la madurez de la vida cristiana. Lo que nos certifica, nos asegura una manifestación como obra del Espíritu Santo,

no es como ésta se produzca, sino los frutos o resultados que se evidencian en el cristiano. No es si temblamos, corremos, saltamos o nos caemos; más bien, es cuáles son los resultados o frutos cuando nos levantamos. Tiene que darse una mayor intimidad y pasión por Jesús. Debe haber una vida de entrega sin reservas, de santidad, de búsqueda, consagración y devoción. Intensidad en la vida de oración, estudio de las Escrituras, hambre y sed de Dios, deben venir como resultado. Debe haber una urgencia por servir, que les lleva a proclamar, a evangelizar, a difundir el Evangelio. La mayor demostración de que una manifestación es de Dios es que se traduce en resultados o evidencias de madurez y crecimiento espiritual en el creyente.

No debemos preocuparnos porque las manifestaciones u operaciones del Espíritu Santo asombren y confundan la mente natural, la del hombre carnal. Miles son los testimonios a través de la historia de la Iglesia, que demuestran que muchas personas han sido conquistadas y llenas del Espíritu Santo, después de que su atención fue atraída por manifestaciones del Espíritu, que no habían entendido antes.

Las muchedumbres siempre se verán atraídas y sorprendidas por las manifestaciones del

poder de Pentecostés. Alabamos, exaltamos y enaltecemos al Señor por esto. Jamás debemos impedir, detener o modificar las manifestaciones del Espíritu Santo, para hacer más aceptable el Evangelio, a los no espirituales. Porque si estamos esperando que la Iglesia sea levantada y restaurada ante un mundo tan necesitado como el nuestro, es imposible que lo hagamos sin la persona del Espíritu Santo. La única manera que la Iglesia será capaz de llevar a cabo la misión que se le ha delegado, es a través del poder, la llenura del Espíritu Santo; el bautismo de Pentecostés.

Juan Wesley oró: "Que El Señor nos envíe avivamiento sin sus defectos, pero si esto no es posible, envíe avivamiento, defectos y todo." ¡AMÉN!

**Lectura, análisis y compresión del texto.**

Capítulos XII   Manifestaciones a través de la Historia

1. ¿Por qué no todas las manifestaciones del Espíritu están registradas en la Biblia?

2. ¿Por qué Dios ofrece múltiples y diversas manifestaciones?

3. ¿Qué es lo que realmente debemos buscar?

4. ¿Qué necesitamos para entender las manifestaciones del Espíritu?

# XIII. Predica

El Espíritu Santo inicio la misión de Jesús e inauguró el cumplimiento de la gran comisión dada a la Iglesia. La misión de la Iglesia, continuación de la de Cristo, es obra del Espíritu. Solamente es posible a través del poder del Espíritu.

El mismo Espíritu Santo que descendió sobre Jesús al comienzo de su vida pública y de su ministerio salvífico en el mundo, desciende también sobre los discípulos, iniciando su misión de testigos de Jesucristo, "hasta lo último de la tierra".

Por eso Jesús, que había sido enviado al mundo por el Padre para cumplir su voluntad de redimir a la humanidad, envía también a sus discípulos al mundo. Continuarían su obra, apenas comenzada, de transformar y salvar al mundo. Es por tal motivo que el Señor Jesús tuvo una conversación importante con sus discípulos más cercanos, momentos antes de regresar al cielo. En la misma les comunica sus

últimas instrucciones que garantizarían el éxito de la misión, que les había encomendado.

*"Y les dijo: Id por todo el mundo y predicad el evangelio a toda criatura."*
*Marcos 16:15 (RVR1960)*

Para lograr el éxito, el triunfo, les dio claramente unas instrucciones:

*"Y estando juntos, les mandó que no se fueran de Jerusalén, sino que esperasen la promesa del Padre, la cual, les dijo, oísteis de mí."*
*Hechos 1:4 (RVR1960)*

"pero recibiréis poder, cuando haya venido sobre vosotros el Espíritu Santo, y me seréis testigos en Jerusalén, en toda Judea, en Samaria, y hasta lo último de la tierra." Hechos 1:8 (RVR1960)

*"Y fueron todos llenos del Espíritu Santo,..."*
*Hechos 2:4 (RVR1960)*

Y así fue. El estruendo celestial de Pentecostés, sigue hoy en día resonando alrededor del mundo cristiano. Con ese hecho trascendental quedó probada la veracidad de las promesas de Dios, resultando inaugurada una nueva época. ¡Sería la de la Iglesia, la del Espíritu!

Que poder estupendo recibieron, aquellos temerosos discípulos que se habían encerrado

por miedo a los líderes religiosos y al imperio romano. Ahora investidos del poder del Espíritu salen a las calles, a las plazas, a los caminos, los vallados y comienzan a testificar con autoridad y valor de Jesucristo como Señor y Mesías.

*"Pueblo de Israel, escuchen esto: Jesús de Nazaret fue un hombre acreditado por Dios ante ustedes con milagros, señales y prodigios, los cuales realizó Dios entre ustedes por medio de él, como bien lo saben. Éste fue entregado según el determinado propósito y el previo conocimiento de Dios; y por medio de gente malvada, ustedes lo mataron, clavándolo en la cruz. A este Jesús, Dios lo resucitó, y de ello todos nosotros somos testigos. Exaltado por el poder de Dios, y habiendo recibido del Padre el Espíritu Santo prometido, ha derramado esto que ustedes ahora ven y oyen. Por tanto, sépalo bien todo Israel que a este Jesús, a quien ustedes crucificaron, Dios lo ha hecho Señor y Mesías."* Hechos 2: 22-23; 32-33; 36. (NVI)

Con gran denuedo proclaman el Evangelio, las Buenas Nuevas de Salvación a las multitudes, como fieles testigos de Cristo, diciéndoles:

*"Y todo el que invoque el nombre del Señor será salvo."* Hechos 2: 21 (NVI)

Este es el nuevo mensaje de salvación que el Espíritu Santo les dio y que ellos predicaban con vigor, con determinación. Tan grande e

irresistible fue el poder que recibieron del Tercer Santo que sus vidas cambiaron radicalmente. Ahora con el dínamo de Dios habían sido vigorizados y nada ni nadie les detendría. La persecución y el martirio no pudieron callarle la boca. Quienes les conocían lo miraban despectivamente, luego con gran asombro y admiración; porque estos incultos, iletrados, sin tener poder ni influencia, ni dinero habían comenzado a trastocar y a transformar al mundo.

*"Estos que trastornan el mundo entero también han venido acá;" Hechos 17:6 (RVR1960)*

*"Entonces viendo el denuedo de Pedro y de Juan, y sabiendo que eran hombres sin letras y del vulgo, se maravillaban; y les reconocían que habían estado con Jesús." Hechos 4:13 (RVR1960)*

La valentía, el denuedo con que los discípulos daban testimonio de Jesucristo, nos dice todo lo que el Espíritu Santo puede hacer con los que se someten a su poder y unción. Sin duda ya nada podrá detener el avance de la proclamación del evangelio.

*"Así que los creyentes que se esparcieron predicaban la Buena Noticia acerca de Jesús adondequiera que iban." Hechos 8:4 (NTV)*

Los discípulos no eran muchos. Para aquellos que confían en las fuerzas y estrategias

humanas, les parecería una locura el plan de evangelizar el mundo con una docena de humildes hombres. Pero el dínamo del Espíritu en ellos, era irresistible. En pocos años habían alborotado y alcanzado el mundo entero con el mensaje Pentecostal.

*"a causa de la esperanza que os está guardada en los cielos, de la cual ya habéis oído por la palabra verdadera del evangelio, que ha llegado hasta vosotros, así como a todo el mundo, y lleva fruto y crece... si en verdad permanecéis fundados y firmes en la fe, y sin moveros de la esperanza del evangelio que habéis oído, el cual se predica en toda la creación que está debajo del cielo;..." Colosenses 1:5-6; 23. (RVR1960)*

De igual manera el Tercer Santo está deseoso de llenarnos con ese mismo poder, denuedo y pasión hoy mismo, si estamos dispuestos a responder como lo hicieron los discípulos. Porque el propósito del Bautismo de Pentecostés es darnos poder para ser un testigo audaz, eficaz e intrépido de Cristo. No es sorprendente que la señal, la evidencia, fuese hablar en otras lenguas.

El milagro de Pentecostés confirma la manera en que la Gran Comisión se realizaría. El bautismo en el Espíritu Santo infunde poder y autoridad al creyente para realizar la misión que se le ha delegado. El hablar en otras

lenguas nos indica el compromiso misionero y evangelístico que tenemos mundialmente como Iglesia y testigos de Cristo Jesús. Las lenguas "como de fuego" simbolizan el acto o acción de hablar, mientras que las palabras habladas llevan el mensaje que se quiere comunicar. Debido a esta conexión, la naturaleza de las lenguas es la adecuada, para el Bautismo en el Espíritu, como entrega de poder para testificar.

Porque el mensaje que se nos ha encomendado a pregonar hasta lo último de la tierra, necesita de unos labios purificados, de una boca santificada para poder cumplir con dicha comisión. Esta también fue la experiencia del profeta Isaías:

*"Entonces dije: ¡Ay de mí! Porque perdido estoy,* **Pues soy hombre de labios inmundos** *Y en medio de un pueblo de labios inmundos habito, Porque mis ojos han visto al Rey, el Señor de los ejércitos."* **Entonces voló hacia mí uno de los serafines con un carbón encendido** *en su mano, que había tomado del altar con las tenazas.* **Con él tocó mi boca, y me dijo: "Esto ha tocado tus labios, y es quitada tu iniquidad y perdonado tu pecado." Y oí la voz del Señor que decía: "¿A quién enviaré, y quién irá por nosotros?" "Aquí estoy; envíame a mí," le respondí. Y Él**

*dijo: "Ve, y dile a este pueblo:.."*
*Isaías 6:5-9(NBLH)*

Una vez hemos experimentado esa llenura, el bautismo divino, donde el Espíritu de Dios ha tomado control y dominio de nuestra lengua, habiéndola purificado, ya estamos habilitados, preparados para proclamar y llevar las Buenas Nuevas de Salvación, que el Señor nos confió. El Bautismo en el Espíritu Santo es una experiencia de poder que facilita el cumplimiento de la misión de la Iglesia.

*"pero recibiréis poder, cuando haya venido sobre vosotros el Espíritu Santo, y me seréis testigos…"*
*Hechos 1:8(RVR1960)*

Jesús les dice: Ustedes recibirán poder cuando sean bautizados en el Espíritu Santo, para ser mis testigos, y para dar testimonio de Mí. Ese es el propósito primario, fundamental por el cual ha sido dado el Espíritu Santo. No es para "hacer pavoneo" de las manifestaciones que se nos dan, sino para enaltecer, exaltar a Cristo y afirmar que Él es el Señor y Salvador.

El grave error de algunos pentecostales es creer que el fin del regalo del Espíritu Santo es para hacer alarde de los dones y manifestaciones espirituales. Las lenguas fueron dadas y se sigue hablando hoy, no para exhibicionismo, ni ostentación u orgullo.

Tampoco es un juguete de entretenimiento para la Iglesia. Nunca para deleite o diversión personal y egoísta de cada creyente; y mucho menos para gloria del que las habla. Dios nos otorga este bautismo divino con el propósito primordial de hacernos testigos poderosos y anunciemos su Santa Palabra, al mundo.

¿Qué fue lo primero que hizo Pedro después de ser lleno, bautizado en el Espíritu Santo? Como buen Pentecostal diré; ¡hablar lenguas! Esto es cierto, pero el propósito del bautismo, del hablar en lenguas, es dar testimonio del Señor. Y así lo hizo el apóstol.

*"les oímos hablar en nuestras lenguas las maravillas de Dios." Literalmente, "las poderosas obras de Dios." Hechos 2: 11 (RVR1960)*

Pedro además de hablar en otras lenguas, lleno del poder, valor y denuedo del Espíritu, se puso en pie y predicó el primer mensaje Pentecostal de la naciente Iglesia. Predicó un sermón bajo la inspiración del Espíritu Santo cuyo tema central es Jesucristo. Sus palabras esgrimidas por el Tercer Santo penetraron como espada de dos filos directamente al corazón de la multitud allí reunidas. El resultado fue que fueron redargüidos, compungidos y se produjo en ellos tan

profundo sentido de convicción y urgencia de arrepentimiento, que preguntaron:

*"Al oír esto, se compungieron de corazón, y dijeron a Pedro y a los otros apóstoles: Varones hermanos,* **¿qué haremos?"** Hechos 2: 37(RVR1960)

Pedro sin rodeos, ni fraseología, ni oratoria, ni explicaciones teológicas, les presentó de forma concisa el plan de salvación:

*"Pedro les dijo:* **Arrepentíos, y bautícese** *cada uno de vosotros* **en el nombre de Jesucristo** *para perdón de los pecados;* **y recibiréis el don del Espíritu Santo.** *"*Hechos 2:38(RVR1960)

El Apóstol les desafía y confronta diciéndoles: Pidan perdón a Dios, obedezcan y bautícense. Dios los perdonará y les dará el regalo del Espíritu Santo. Todo mensaje salvífico debe contener estas grandes verdades o principios, sino es mera palabrería. El resultado del primer sermón de este predicador Pentecostal produjo contricción en la multitud. Tres mil personas respondieron a la invitación, al llamado, a la conversión. Esto produjo resultados genuinos y permanentes, que trajo bendición a la Iglesia naciente. Todo esto como consecuencia del poder de un hombre, lleno del Espíritu Santo, que se dejó usar por Él.

*"Y con otras muchas palabras testificaba y les exhortaba, diciendo: Sed salvos de esta perversa generación. Así que, los que recibieron su palabra fueron bautizados; y se añadieron aquel día como tres mil personas." Hechos 2:40-41 (RVR1960)*

Pedro además de dar testimonio del regalo del Espíritu Santo, tuvo como énfasis primario testificar de Cristo como único Salvador y Señor. Ahora debemos tener claro, que no hay alternativa a la obra del Espíritu Santo. Si queremos ver hoy en día, los mismos resultados que la Iglesia primitiva, tuvo, tenemos que volver al modelo del libro de los Hechos.

Como venimos notando, uno de los propósitos, o tarea principal del Espíritu Santo en su misión terrenal, es la continuidad en la obra redentora de la raza humana. El Señor Jesús reveló, hablando del Tercer Santo, que su naturaleza anhela la salvación del hombre.

*"Y cuando El venga, convencerá (culpará) al mundo de pecado, de justicia y de juicio; de pecado, porque no creen en Mí; de justicia, porque Yo voy al Padre y ustedes no Me verán más; y de juicio, porque el príncipe de este mundo ha sido juzgado."*
*San Juan 16:8-11 (NBLH)*

Ya hemos destacado que el Espíritu Santo toma participación directa en la obra de

redención que es a través del sacrificio de Cristo en la cruz y el derramamiento de su sangre bendita.

*"siendo justificados gratuitamente por su gracia, mediante la redención que es en Cristo Jesús,"*
*Romanos 3:24(RVR1960)*

Entiéndase que redención es el pago por la libertad del esclavo o cautivo. Es adquirir, comprar de nuevo, algo que se había perdido. Esto fue lo que el Señor hizo por nosotros en la cruz, con su sangre vertida, derramada.

*"en quien tenemos redención por su sangre, el perdón de pecados." Colosenses 1:14 (RVR1960)*

El pecador no puede venir a Dios por sí, porque está muerto, endurecido, inerte a causa de su pecado. Él debe ser convencido de su pecado, para tomar conciencia de su necesidad de salvación. Cuando el evangelio de Cristo es predicado, el Espíritu Santo toma esa palabra anunciada, la hace efectiva y convence, redarguye de su pecado al hombre. Este sentirá la necesidad y urgencia de aceptar la justicia de Cristo, el perdón de sus pecados y su redención.

Como hemos comprobado, la principal obra del Espíritu Santo con relación a la predicación del evangelio es producir convicción de pecado al pecador. El Tercer

Santo es vital, crucial para la salvación del hombre, porque es Él, el que hace tomar conciencia al pecador de sus pecados. Por ello, si salimos a predicar a Cristo, con nuestras fuerzas y habilidades, careceremos del poder para lograrlo. La salvación genuina se produce sólo cuando el Espíritu Santo está presente.

*"y nos salvó. Pero no lo hizo porque nosotros hubiéramos hecho algo bueno, sino porque nos ama y quiso ayudarnos. Por medio del poder del Espíritu Santo nos salvó, nos purificó de todos nuestros pecados, y nos dio nueva vida. ¡Fue como si hubiéramos nacido de nuevo! Gracias a Jesucristo, nuestro salvador, Dios nos dio el Espíritu Santo." Tito 3:5-6 (TLA)*

A este propósito, Santo Tomás afirma: "Dado que el Espíritu Santo funda nuestra amistad con Dios, es normal que por medio de él Dios nos perdone los pecados."

Es tan vital e imprescindible la intervención del Espíritu Santo en la obra de redención, que las Sagradas Escrituras afirman:

*"…nadie puede llamar «Señor» a Jesús, si no es por el Espíritu Santo." 1 Corintios 12:3(RVC)*

Nadie puede acoger a Cristo como Salvador sin recibirlo como Señor. Ahí la intervención directa del Espíritu, que nos convence, nos hace entender, reconocer y confesar que Jesucristo es nuestro Señor. La confesión y

reconocimiento que Jesús es nuestro Señor, es un requisito para ser salvo.

*"Si declaras abiertamente que Jesús es el Señor y crees en tu corazón que Dios lo levantó de los muertos, serás salvo."* Romanos 10:9 *(NTV)*

Confesar a Jesús como Señor es declarar que Él es Dios y eso no es una confesión simplemente externa, sino una sincera actitud del corazón, como fruto directo del Espíritu Santo. La presencia del Espíritu Santo obra una transformación que influye verdadera e íntimamente en el hombre, santificándole y permitiéndole vivir en comunión, con nuestro Padre Celestial.

*"Siempre estamos agradecidos de que Dios los eligió para que estén entre los primeros en experimentar la salvación,* **una salvación que vino mediante el Espíritu, quien los hace santos, y por creer en la verdad."**
*2 Tesalonicenses 2:13(NTV)*

La misión evangelizadora y misionera es siempre una acción del Espíritu. La lleva adelante por medio de todos los discípulos, con sus vidas y con la palabra proclamada.

*"Jesús les dijo otra vez: "Paz a ustedes; como el Padre Me ha enviado, así también Yo los envío." Después de decir esto, sopló sobre ellos y les dijo: "Reciban el Espíritu Santo." San Juan 20:21-22 (NBLH)*

El día de la resurrección, en horas de la noche, el Señor se les apareció a sus discípulos impartiéndole un mandato y una misión; la continuidad del plan de redención:

"… como el Padre Me ha enviado, así también Yo los envío."

A partir de ese momento somos nosotros, los cristianos, quienes debemos ir por todo el mundo y proclamar el inmenso amor de Dios. Así como el Padre envió a su propio Hijo al mundo, ahora el Hijo, a su vez, envía a todos sus discípulos para que continúen el plan de salvación. De esta manera lo visualizó el Apóstol Pablo cuando afirmó:

*"Todo esto proviene de Dios, quien por medio de Cristo nos reconcilió consigo mismo y nos dio el ministerio de la reconciliación: esto es, que en Cristo, Dios estaba reconciliando al mundo consigo mismo, no tomándole en cuenta sus pecados y encargándonos a nosotros el mensaje de la reconciliación."*
*2 Corintios 5:18-19 (NBD)*

El Señor Jesús, les imparte su Espíritu, para que puedan cumplir con la misión que les mandó:

"Después de decir esto, sopló sobre ellos y les dijo: "Reciban el Espíritu Santo.""

El Espíritu es el mismo Espíritu de Jesús, que nos enlaza a su obra. Solamente el aliento de

su Espíritu, nos puede capacitar y dotar del poder necesario para llevar adelante y cumplir con la misión redentora, en obediencia al mandamiento. La misión tiene raíz en el mandato de Jesús, y se hizo plena en Pentecostés. Por tanto, los que reciben el Bautismo de Pentecostés se llenan del mismo sentir y anhelo, la salvación de la raza humana.

Los discípulos cuando fueron llenos del Espíritu Santo se convirtieron en ministros de Cristo. A través del bautismo en el Espíritu Santo, los seguidores de Jesús fueron los sucesores de su ministerio terrenal. Ellos continuaron haciendo y enseñando, en el poder del Espíritu, las mismas cosas "que Jesús comenzó a hacer y a enseñar."

## Lectura, análisis y compresión del texto.

Capítulo XIII   Predica

1. ¿Quién le impartió a los discípulos, valor y poder para predicar?

2. ¿Cómo pudieron enfrentar el martirio?

3. ¿Por qué los discípulos evangelizaron el mundo conocido tan rápido, a pesar de ser pocos en números?

4. ¿Cuál es la función del Espíritu Santo en el proceso de salvación?

# XIV.   Un Bautismo…
# Muchas Llenuras

En esta Era del Espíritu, de Pentecostés y de la Evangelización Mundial, la mayor necesidad es la de hombres y mujeres llenos del Espíritu Santo. Para poder llevar a cabo la obra de Dios, necesitamos recibir continuamente un nuevo y diario bautismo del Espíritu Santo. Jesús consciente de esto, muy sabiamente animó y exhortó a sus discípulos a quedarse en Jerusalén hasta recibir este regalo, don y promesa. Él sabía que ellos necesitarían del mismo poder y unción que Él necesitó, para realizar la obra que el Padre Celestial le encomendó.

Si el investimento y llenura del Espíritu Santo fue esencial para los primeros creyentes, para nosotros los cristianos de hoy en día, lo es más. Es indispensable. La obediencia a esta orden determinará el éxito de nuestra vida espiritual, y la efectividad de nuestra misión aquí. Claro está, con esta bendita experiencia

viene la provisión de poder para la vida cristiana victoriosa y para un servicio productivo de excelencia.

*"Y fueron todos llenos del Espíritu Santo,…"*
*Hechos 2:4 (RVR1960)*

La llenura del Espíritu Santo no es una propuesta vacilante, una recomendación suave, una exhortación cortes o un asunto opcional: Si lo quiero; lo recibo y si no, ¡no! Es una orden de Dios y también del apóstol Pablo que con su autoridad no nos da otra opción. Tenemos la obligación de ser llenos del Espíritu Santo. La llenura del Espíritu no es opcional, sino obligatoria para el cristiano.

**"…más sed llenos de Espíritu;"**
Efesios 5:18 (RVA)

Este mandato de ser llenos del Espíritu es uno, de aplicación universal, es decir va dirigido, sin excepción, a todos los cristianos de todos los tiempos y épocas. El "sed llenos del Espíritu", nos está diciendo: Dejen que el Espíritu Santo les llene ahora y continuamente, una y otra vez. La palabra traducida "sed llenos" en el griego tiene el significado de "ser llenos repetidas veces"; es decir, algo continuo. La llenura no es algo que recibimos una vez por todas y basta. ¡No! Mil veces no. Es algo que requiere constancia,

búsqueda persistente; una y otra y otra vez. La plenitud del Espíritu es una experiencia progresiva, sucesiva y no estática.

La llenura del Espíritu Santo, que es lo que a veces se confunde con el bautismo del Espíritu, es una experiencia repetitiva; a diferencia de la experiencia del bautismo que es una experiencia única e inicial. Esta llenura inicial se hizo evidente en los apóstoles y los que estaban en el aposento alto el día de Pentecostés. El hecho de que varias veces después del día de Pentecostés los creyentes que ya habían sido llenos o bautizados con el Espíritu son nuevamente "llenos con el Espíritu", nos enseña y demuestra que hay un bautismo y muchas llenuras. Esto es cónsono con lo que la Palabra, nos ordena. Aún más esto era la vida cotidiana, normal de los primeros cristianos.

*"Todos fueron llenos del Espíritu Santo y comenzaron a hablar en otras lenguas, según el Espíritu les daba que hablaran." Hechos 2:4 (RVR1995)*

*"Entonces Pedro, lleno del Espíritu Santo, les dijo: Gobernantes del pueblo, y ancianos de Israel:" Hechos 4:8 (RVR1977)*

*"Cuando acabaron de orar, el lugar en que estaban congregados tembló; y todos fueron llenos del Espíritu*

*Santo, y hablaban con denuedo la palabra de Dios."*
*Hechos 4:31 (RVR1977)*

*"Ananías entonces fue, y entró en la casa, y poniéndole las manos encima, dijo: Saulo hermano, el Señor Jesús, que te apareció en el camino por donde venías, me ha enviado para que recibas la vista y seas lleno de Espíritu Santo." Hechos 9:17 (RVA)*

*"Entonces Saulo, que también es Pablo, lleno del Espíritu Santo, fijando en él los ojos,"*
*Hechos 13:9 (RVR1995)*

*"Y los discípulos estaban llenos de gozo y del Espíritu Santo." Hechos 2:4 (RVR1960)*

Demostrado y afirmado ha quedado lo que era natural, normal en la vida de los primeros cristianos, la llenura inicial y continua del Espíritu. Lo anormal era que hubiese cristianos que no tuvieran la llenura a plenitud del Espíritu Santo. Lo que nos deja saber, que ser llenos una y otra vez es posible y es el anhelo, deseo de Dios para nuestra vida. Es muy lamentable que cristianos que han sido bautizados en el Espíritu Santo dejen de ser llenos del Espíritu. Lastimosamente muchos que una vez recibieron la llenura inicial del Espíritu, la tuvieron en poco, descuidando tan hermoso regalo, al no ocuparse de su vida espiritual. Han terminado secos, huecos y vacíos.

Dolorosamente aunque esto es un mandato divino, no todos los cristianos obedecen. Por tanto no todos experimentan la llenura, porque esta llenura depende de cuánto nosotros estemos dispuestos a cederle y a entregarle a Dios el control absoluto de nuestras vidas. En la medida en que nosotros nos rindamos por completo a Dios, en esa misma medida el Espíritu de Dios forja su obra en nosotros.

La llenura en ustedes como creyente es necesaria para poder vivir una vida espiritual victoriosa. Dios desea llenarle de su Espíritu Santo. Usted puede ser lleno porque Dios así lo establece en su Palabra. Dios, no sólo quiere que usted sea lleno, sino que le ordena a que sea lleno. ¡Llénese del Espíritu Santo! Comience ahora mismo. Usted dirá, ¿pero cómo?

Ello dependerá de su búsqueda y dependencia, de esa fuente inagotable que ha sido dada y garantizada por Dios. Depende de su disposición espiritual de querer seguir siendo lleno, una y otra vez. El Señor Jesús nos revela el secreto y nos da la clave para ser llenos a plenitud de su Espíritu.

*"En el último y gran día de la fiesta, Jesús se puso en pie y alzó la voz, diciendo: Si alguno tiene sed, venga a*

*mí y beba. El que cree en mí, como dice la Escritura,*
*de su interior correrán ríos de agua viva.*
*Esto dijo del Espíritu que habían de recibir los que*
*creyesen en él; pues aún no había venido el Espíritu*
*Santo, porque Jesús no había sido aún glorificado."*
*San Juan 7:37-39 (RVR1960)*

¿De qué gran fiesta Jesús estaba participando? De la fiesta de los Tabernáculos, también conocida como Sukot, Cabañas, Enramadas, entre otros. En los días de Jesús, una de las ceremonias más colorida e interesante y significativa era que cada mañana, el Sacerdote salía del templo con una vasija o jarrón grande de oro. Una multitud le acompañaba cantando el verso de Isaías 12:3:

*"Sacaréis con gozo aguas de las fuentes de la salvación."*

Al llegar al pozo de Siloé, sacaba agua y regresaban al templo y en el altar allí derramaba el agua contenida en la vasija dorada, como libación, ofrenda de gratitud al Señor, porque les proveyó agua en el desierto. Pero también este ritual señalaba proféticamente el derramamiento del Espíritu Santo.

Es en este preciso momento, que dramáticamente el Señor se puso en pie y con gran exclamación dijo: "Si alguno…",

entiéndase cualquier persona, raza, posición social, culto o inculto, de cualquier ideal político, filosófico aún religioso. Cualquiera…

Continuó diciendo: "tiene sed…" esta es la condición, necesidad que debemos tener, estar sedientos. Esto me hace recordar una publicidad de televisión que presentaba un viajero que se había extraviado en el desierto, por ende había agotado todas sus reservas de agua y estaba casi moribundo, con los labios partidos, boca seca, reseca y totalmente deshidratado. Esta clamando por agua que sacie su sed. Es encontrado, pero sus rescatadores antes de darle de beber, le dan unas papitas fritas bien saladas. Trate de imaginar la escena… y después es que le dan a beber una gaseosa bien fría, que disfrutaba y saciaba su sed.

Esta es la imagen o el cuadro vívido, real que podemos visualizar aquí en estas palabras de Jesús, "si alguno tiene sed". Es sed intensa, como la del ciervo del capítulo 42:1-2 de los Salmos:

*"Como el ciervo brama por las corrientes de las aguas, Así clama por ti, oh Dios, el alma mía. Mi alma tiene sed de Dios, del Dios vivo;" (RVR1960)*

Así de intensa, de apremiante tiene que ser nuestra "sed de Dios, del Dios vivo". ¿Qué

tenemos que hacer para saciar, satisfacer esa sed espiritual y ser llenos a plenitud? Jesús responde: "Venga a mí y beba". Hay que acudir a Él y beber, no solo una vez sino una y otra vez, reiterada veces, porque seguimos teniendo sed. Tenemos que ser un dipsómano espiritual, es decir un bebedor compulsivo y obsesivo. Siempre sediento y siempre bebiendo para tratar de saciar esa sed, permanente del espíritu.

El cuerpo humano está compuesto en un 70%, (por ciento), de agua, el cerebro se compone de un 70% de agua, la sangre en un 80% y los pulmones en un 90% de agua. El hombre puede vivir largos días sin comer pero no así si no tiene agua. Nuestro organismo necesita con más urgencia el agua que la comida, diariamente debemos ingerir un 3% de nuestro peso, es decir un promedio de 2 litros de agua por día. Por eso sentimos más sed que hambre. Una persona si pierde 10% del agua de su cuerpo, su vida está en situación de riesgo, si pierde el 20%, la condición es tan grave que puede llevarle a la muerte. De igual manera cuando nos alejamos de Dios nuestro espíritu se seca, se deshidrata y puede provocarnos muerte espiritual. Porque nuestra alma, nuestro ser espiritual fue creada para vivir en Dios.

Para poder saciar, satisfacer esa sed espiritual tenemos que beber del agua de vida que Jesús nos ofrece gratuitamente.

*"Jesús les dijo:.. él que cree en mí,* **nunca más volverá a tener sed.** *" San Juan 6:35(TLA)*

*"El Espíritu y la Esposa claman: ¡Ven!*
*Y el que escucha, diga: ¡Ven! Que venga también el*
*sediento y, si lo desea, se le dará gratis agua de vida."*
*Apocalipsis 22:17 (BLPH)*

Cuando le creemos al Señor y aceptamos su invitación, bebiendo de su agua, es llenarnos de su Espíritu. **"Esto dijo del Espíritu, pues aún no había venido el Espíritu Santo."** Observe bien claro que "no había venido el Espíritu Santo" y la razón "porque Jesús aún no había sido glorificado", no había subido al cielo. Pero una vez subió a los cielos, derramó de su plenitud en Pentecostés, al Espíritu Santo como "ríos de agua viva", hasta hoy. Queriendo decir que es la plenitud, la llenura del Espíritu Santo la que sacia la sed espiritual.

Trágicamente montones de cristianos viven espiritualmente en una tierra árida y sedienta, sin darse cuenta de que Dios es la fuente de agua viva y que pueden obtenerla con sólo anhelarla, buscarla y pedirla.

Tengo que enfatizar, recalcar que tenemos que acudir a Él y beber, no sólo una vez, sino una

y otra vez, reiteradas veces, porque seguimos teniendo sed. En la medida que vamos tomando sorbos y tragos, estos a su vez se transforman en una poderosa catarata, afluencia de corrientes que fluye como "ríos de agua viva", que fluirán, correrán dentro de nuestro ser. Así es el fluir en el creyente lleno del Espíritu. Pero para mantener esa fuente, corrientes de **"agua viva"** fluyendo siempre como cataratas, es imprescindible, necesario, venir continuamente a Jesús, a beber, una y otra vez, para mantenernos llenos del Espíritu Santo a plenitud.

Si usted es o desea una posición de servidor, líder en la obra, en la Iglesia, desde la más pequeña e inadvertida función hasta la más prestigiosa y notable, usted necesita estar lleno a plenitud del Espíritu. Este es uno de los requisitos indispensables que necesita tener, para poder realizar su función exitosamente. Así lo vemos establecido en las Sagradas Escrituras.

En la naciente Iglesia y por motivo de su crecimiento impetuoso, los Apóstoles vieron la necesidad de nombrar, elegir hombres para que ayudaran a atender las mesas de los necesitados. Estos tenían que estar llenos del Espíritu Santo.

*"Así que, hermanos, busquen entre todos ustedes a siete varones de buen testimonio,* **que estén llenos del Espíritu Santo** *y de sabiduría, para que se encarguen de este trabajo." Hechos 6:3 (RVC)*

Aquí vemos la trascendencia e importancia que los Apóstoles y la Iglesia Primitiva daban a la vida llena del Espíritu, en todo. Ellos no dicen, busquen varones que estén planeando ser llenos, ni que, una vez fueron llenos. ¡No! Ellos claramente dicen: **"que estén llenos del Espíritu Santo".** Ellos querían varones que estuvieran viviendo una vida llena del Espíritu Santo, porque el Espíritu es el que da la habilidad, el poder y la capacitación, para toda operación y función espiritual; para un servicio productivo y de excelencia.

¡Qué negligente es el cristiano que ignora y hasta rechaza la orden divina de ser llenos del Espíritu! Es esta llenura lo que le va a permitir vivir una mejor vida de obediencia, que le conducirá a recibir toda buena dadiva que "viene de lo alto." La vida llena del Espíritu es la llave que nos da acceso a los frutos del Espíritu y nos capacita para hacer el mejor uso de los dones del Espiritual.

"Así como es el mayor pecado para el inconverso rechazar la vida de Cristo y en Cristo, en el creyente el mayor de los pecados

es el rehusar la vida abundante por medio del Espíritu. La plenitud del Espíritu no es discrecional pero obligatoria"; así lo expresó la misionera en la China, Ruth Paxson.

Por tanto, nosotros los cristianos modernos, los de hoy en día, sí… usted y yo, tenemos la responsabilidad de buscar, anhelar la llenura del Tercer Santo, buscándola fervientemente en oración y humillación. El Señor no fallará en llenarnos.

Quiero terminar este capítulo haciendo la siguiente pregunta, para que reflexionemos: ¿Cuántos cristianos e iglesias se reúnen hoy en día sólo para orar y clamar hasta ser llenos del Espíritu?

**Lectura, análisis y compresión del texto.**

Capítulo XIV Un Bautismo, muchas Llenuras

1. ¿Cuál es la mayor necesidad en la "Era del Espíritu"?

2. ¿Cómo uno puede ser lleno del Espíritu?

3. ¿Qué es lo contrario de estar lleno?

4. ¿Qué implicaciones tiene para Dios, para su iglesia y para usted el estar llenos de su Espíritu?

## XV. Estudio Científico
## y la Glosolalia

Antes de disfrutar del servicio, satelital, que me permite ver canales de televisión de Puerto Rico y de otras partes del mundo; la señal estaba en el aire; pero yo no lo recibía. Fue necesario ir y adquirir el servicio. Instalaron un recibidor y una antena permitiéndome disfrutar de dicho servicio. Así también es la señal de hablar en lenguas, tras el bautismo y llenura del Espíritu Santo. Ese privilegio y bendición está disponible para todos. Está ahí cerca de ti. Yo diría que tan cerca de ti, como está la palabra. El apóstol dijo:

*"Más bien, ¿qué dice?: Cerca de ti está la palabra, en tu boca y en tu corazón. Esta es la palabra de fe que predicamos: que si confiesas con tu boca que Jesús es el Señor y si crees en tu corazón que Dios lo levantó de entre los muertos, serás salvo. Porque con el corazón se cree para justicia, y con la boca se hace confesión para salvación." Romanos 10:8-10 RVA-2015*

Tú confesaste con tu boca que Jesús es tu Salvador, porque creíste en tu corazón. Ahora debes confesar que es tu bautizador. Sería esa palabra de fe, la que permitiría que la señal que ha estado ahí, disponible todo el tiempo, entre en ti, como recibidor del poder de lo alto. Sólo así podrás disfrutarlo. Prepara tu antena orando, confesando y recibiendo. ¿Y cuál será la tarifa? Cerca de ti está la palabra de fe. Créelo, pídelo, acéptalo, internalízalo y reconoce que necesitas el bautismo en Espíritu Santo, con la señal inequívoca de hablar en otras lenguas. Lo necesitas como el aire que respiras. Tu hambre y sed de tenerlo, será tu moneda de cambio. Cambiarás incertidumbre por certeza, timidez por valentía, poder por debilidad y entusiasmo por desánimo.

Nuestro Dios ha determinado, que no sea el intelecto el que intervenga en el bautismo en el Espíritu Santo, por mejor o peor preparado que esté. Si has tenido la dicha de haber obtenido más grados que un termómetro o tu educación ha sido básica y elemental, no importa ni lo uno ni lo otro. Fíjate cómo actúa Dios a través de su eterno poder y gloria. Es que sus pensamientos son más que los nuestros.

*"Porque mis pensamientos no son vuestros pensamientos, ni vuestros caminos mis caminos, dijo*

*Jehová. Como son más altos los cielos que la tierra, así son mis caminos más altos que vuestros caminos, y mis pensamientos más que vuestros pensamientos."*
Isaías 55:8-9 RVR1960

*"Porque, ¿quién conoció la mente del Señor? ¿Quién lo instruirá?" 1 Corintios 2:16 RVA-2015*

Así se pregunta el apóstol Pablo y luego añade en los versos 9 y 10 del mismo capítulo:

*"Más bien, como está escrito: Cosas que ojo no vio ni oído oyó, que ni han surgido en el corazón del hombre, son las que Dios ha preparado para los que lo aman. Pero a nosotros Dios nos las reveló por el Espíritu; porque el Espíritu todo lo escudriña, aun las cosas profundas de Dios." 1 Corintios 2:9-10 RVA-2015*

Esta vez la revelación de lo profundo de Dios, le fue dada a un grupo de investigadores de la Escuela de Medicina de la universidad de Pennsylvania. Estos se interesaron en averiguar lo que sucede en el cerebro de un siervo de Dios, que habla en otras lenguas, como señal del bautismo en el Espíritu Santo. Querían saber que parte del cerebro activa, impulsa la glosolalia. (glossa-lengua y lalein-hablar). Término de origen griego que designa "el acto de hablar una lengua desconocida, durante un éxtasis místico." (El Don de Lenguas, Coperías 2006). Los investigadores se valieron de la Tomografía

Computadorizada por Emisión de Fotón Único (Spect) para analizar la actividad cerebral de cinco miembros de una iglesia pentecostal, bautizados en el Espíritu Santo. A estas hermanas se les inyectó un fármaco radioactivo, que permite ver cuales neuronas se activan en determinada actividad. Cuando las hermanas adoraban cantando himnos y hablaban lenguas (glossalalia) "la actividad de los lóbulos frontales del cerebro de las hermanas, sufrió un considerable bajón, en comparación con el momento en que cantaban." Las mujeres no controlaban los centros del lenguaje mientras hablaban en lenguas. Sin embargo hubo "un incremento en la región parietal del cerebro" que integra la información sensorial de diferentes partes del cuerpo y nos orienta en el espacio." Estos hallazgos fueron publicados por Poulson y Newberg en la revista; Psychiatry Resech: Neuroimaging. Michael Persinger de la Universidad Laurentían, concuerda con los investigadores en que así es posible explicar "el estar impregnado por el Espíritu."

Los hallazgos de este estudio señalan que hay poca actividad en los lóbulos frontales del cerebro, mientras se habla en lenguas. Esta es la parte del cerebro donde se origina el pensamiento, habilidad para solucionar

problemas, concentración, personalidad. Concluimos entonces que al hablar en otras lenguas, la intervención puramente intelectual no está presente, ni tampoco la voluntad o intención. Hay algo sobrenatural envuelto. Me pregunto ¿Quién será? ¡Siii… es la persona del Espíritu Santo que interviene! ¡Aleluya!

De manera que nuestro Dios cumple su palabra:

"Cosas que ojo no vio ni oído oyó, que ni han surgido en el corazón del hombre, son las que Dios ha preparado para los que lo aman…"

Es decir, la que Dios nos regala sin que intervenga la voluntad e intelecto humano. Sólo se te pide que obedezcas el mandamiento de Jesús:

*"Tened fe en Dios." Marcos 11:22 RVR1995*

Este es un asunto de fe. La razón queda nula. Es el poder de Dios que se perfecciona en lo débil, en lo que no es, para establecer lo que es.

Quizás todavía quieres cuestionar más, sobre todo si fuiste entrenado en "la duda creadora" del Cogito Ergo Sum, (pienso luego existo), de René Descartes. La filosofía engendra duda y la duda mata nuestra fe, en el poder de Dios. A Dios nadie lo puede cuestionar. Puede que nos pase como a Job, cuando quiso interrogar

a Dios. Puede que Dios nos haga preguntas muy difíciles de contestar:

*"Ahora ciñe como varón tus lomos; Yo te preguntaré, y tú me contestarás. ¿Dónde estabas tú cuando yo fundaba la tierra? Házmelo saber, si tienes inteligencia. ¿Quién ordenó sus medidas, si lo sabes? ¿O quién extendió sobre ella cordel?"*
*Job 38:3-5 RVR1960*

Demostrado ha quedado que estas bendiciones, señales, regalos de Dios son para los que creen:

*"Estas señales seguirán a los que creen: En mi nombre echarán fuera demonios, hablarán nuevas lenguas,"*
*Marcos 16: 17 RVA-2015*

**Lectura, análisis y compresión del texto.**

Capítulo XV.        Estudio Científico y la Glosolalia

1. ¿Cuál es la palabra de fe que debes confesar para ser bautizado en Espíritu Santo?
2. ¿Qué es posible intercambiar?
3. ¿Qué cosa ha preparado Dios para los que le aman?
4. ¿Qué hallazgos encontraron los investigadores de la Escuela de Medicina de la Universidad de Pennsylvania?

# XVI. ¿Cesación? ¿Cuándo?

**E**l evangelista mundialmente conocido, Dr. Billy Graham, en su libro "El Espíritu Santo", afirma que no cree que las lenguas hayan cesado, más al contrario este don está vivo y activo hoy en día. Veamos:

"Aunque hay un honesto desacuerdo entre los cristianos acerca de la validez de las lenguas hoy en día, yo personalmente no puedo encontrar ninguna justificación bíblica para decir que los dones de lenguas eran exclusivamente para los tiempos del Nuevo Testamento... En realidad, las lenguas son un don del Espíritu Santo... Hoy hay presbiterianos, bautistas, anglicanos, luteranos y metodistas, tanto como pentecostales, que hablan o han hablado en lenguas."

John Wesley, el imperturbable erudito de Oxford, evangelista y fundador del

Metodismo, mostró su desdén por la doctrina cesacionista cuando escribió:

"Yo no recuerdo ninguna Escritura en la que se nos enseña que los milagros eran para ser confinados dentro de los límites de la edad apostólica o la edad Cipriano, o de cualquier período de tiempo más o menos largo, incluso hasta la restauración de todas las cosas".

Hemos visto a través de las páginas de este libro, que el bautismo en el Espíritu Santo con la señal de hablar en lenguas, es el regalo de Dios para sus hijos, hoy en día. Así lo dejó claramente establecido el Apóstol Pedro en su primer mensaje, el día de Pentecostés:

*"Esta promesa es para ustedes y para sus hijos, y para todos los que nuestro Dios quiera salvar en otras partes del mundo." Hechos 2.39. (TLA)*

Desafortunadamente y para desgracia de muchos, los enemigos del mover y manifestación del Espíritu, en su intento de negar la veracidad de esta bendita experiencia, han dado origen a la teoría del Cesacionismo. El Cesacionismo viene de la palabra "cesar"; es decir, se terminó, finalizó, concluyó. Los cesacionistas afirman dogmáticamente, que nadie después de la era apostólica podría recibir el Espíritu Santo, hablando en lenguas. La razón dada es que todas las manifestaciones

milagrosas de Dios a la iglesia cesaron tras la muerte de los apóstoles, siendo el Apóstol Juan el último, con 99 años, a finales del primer siglo.

Esta falsa enseñanza es una falsa doctrina, que no puede ser justificada por las Escrituras ni por la historia eclesiástica. Ningún pasaje de la escritura declara o implica tal posición. La única escritura que citan los que apoyan esta teoría y dicho sea de paso, mal citado e interpretado, es 1 Corintios 13:8-10.

*"El amor nunca deja de ser; pero las profecías se acabarán, y cesarán las lenguas, y la ciencia acabará. Porque en parte conocemos, y en parte profetizamos; más cuando venga lo perfecto, entonces lo que es en parte se acabará." (RVR1960)*

Es interesante resaltar que quienes se oponen al mover del Espíritu, al Avivamiento, se burlan diciendo que nosotros, para sostener la experiencia del hablar en otras lenguas, sólo hacemos referencia a unos tres, a lo máximo cinco textos bíblicos del Libro de los Hechos y que en el libro de Hechos no se puede encontrar ni hacer tal doctrina. La pregunta obligada entonces es: ¿Dónde dice en la Biblia que se ignore el libro de los Hechos para enseñanza? La Biblia, como su propio intérprete dice:

*"Toda la Escritura es inspirada por Dios, y útil para enseñar, para redargüir, para corregir, para instruir en justicia,"* 2 Timoteo 3:16 (RVC)

*"Todo lo que está escrito en la Biblia es el mensaje de Dios, y es útil para enseñar a la gente, para ayudarla y corregirla, y para mostrarle cómo debe vivir."* 2 Timoteo 3:16 (TLA)

¿Que los textos que citamos no son suficientes porque, según ellos, no se vuelve a repetir en todas las Escrituras y que por tal razón no tenemos autoridad Bíblica para tal enseñanza? Sin embargo, los encontramos fanfarroneando de su falsa doctrina con un sólo texto y mal interpretado. Hay varios puntos débiles en su interpretación, uno de los cuales es éste: Una doctrina mayor no debe edificarse sobre un pasaje cuyo significado no está claro. ¿En qué otro lugar de la Biblia hay alguna relación o idea de esa misma enseñanza? En ninguna otra parte.

Considero pertinente dejar meridianamente claro que para mí, como creyente y estudiante de las Sagradas Escrituras, un solo texto me es más que suficiente; correctamente interpretado.

Ahora veamos el texto en otra versión bíblica y su contexto:

*"Sólo el amor vive para siempre. Llegará el día en que ya nadie hable de parte de Dios, ni se hable en idiomas extraños, ni sea necesario conocer los planes secretos de Dios. Las profecías, y todo lo que ahora conocemos, es imperfecto. Cuando llegue lo que es perfecto, todo lo demás se acabará." 1 Corintios 13:8-10 (TLA)*

Los que postulan la teoría de la cesación se amparan en el texto ocho, que es una palabra profética, de que algún día las lenguas cesarán y la profecía se acabará. No negamos esta verdad claramente dicha. Pero ¿Cuándo sucederá esto? Cuando venga lo perfecto; nos dice el verso diez. Los cesacionistas dicen que lo perfecto ya llegó con la formación del Canon del Nuevo Testamento, reconocido en el Consejo de Cartago en el año 397; es decir las Sagradas Escrituras, la Biblia.

Pero hay algo muy importante que se les ha olvidado y es que el texto bíblico también establece, que cuando llegue lo perfecto también "la ciencia acabará". Creo que todos estamos de acuerdo, en que la ciencia no ha cesado, mas al contrario sea multiplicado, entonces, las lenguas no han cesado tampoco. Nadie aceptará que la Iglesia existe en un vacío, sin conocimiento. Todavía tenemos colegios, seminarios, estudios bíblicos, universidades, entre otros. Por el contrario, los teólogos alegan un conocimiento no

existente, para probar esa posición floja y anti bíblica.

**"Cuando venga lo perfecto"** será nuestra realidad, nuestra condición espiritual, como resultado de la Segunda Venida de Cristo, cuando le veremos cara a cara. La Segunda Venida de nuestro Señor Jesucristo será el momento donde las lenguas, las profecías y otros dones espirituales cesarán, pero no hasta entonces.

*"Alguna vez fui niño. Y mi modo de hablar, mi modo de entender las cosas, y mi manera de pensar eran los de un niño. Pero ahora soy una persona adulta, y todo eso lo he dejado atrás. Ahora conocemos a Dios de manera no muy clara, como cuando vemos nuestra imagen reflejada en un espejo a oscuras. Pero, cuando todo sea perfecto, veremos a Dios cara a cara. Ahora lo conozco de manera imperfecta; pero cuando todo sea perfecto, podré conocerlo como él me conoce a mí."*
*1 Corintios 13:11-12 (TLA)*

Mirando el contexto bíblico de 1 de Corintios conocemos el sentir del Apóstol Pablo y su expectativa de que hasta la Segunda Venida de Cristo todos los dones estarán activos, operando.

*"Ahora tienen todos los dones espirituales que necesitan mientras esperan con anhelo el regreso de nuestro Señor Jesucristo." 1 Corintios 1:7 (NTV)*

*"De este modo no les falta ningún don de Dios mientras esperan el día en que aparezca nuestro Señor Jesucristo."* 1 Corintios 1:7 (DHH)

Demostrado ha quedado, que los dones cesarán cuando venga lo perfecto, o sea Jesucristo en su Segunda Venida, no al final de la era Apostólica ni después de la formación del Canon del Nuevo Testamento, como dicen los cesacionistas. Por tanto los dones espirituales siguen hoy tan activos, vivos, operando hasta que Cristo venga en Gloria. Esta era la esperanza de Pablo y debe ser nuestra esperanza también. No podemos aspirar ni esperar menos. Estos benditos regalos divinos son **"...para cuantos el Señor llamares."** Hechos 2:39."(RVR1960)

*"Porque Dios jamás retira sus dones ni su llamamiento, ni se retracta de sus promesas."* Romanos 11: 29 (BC)

Permítame añadir que los que reemplazaron a los apóstoles originales, como líderes de la iglesia no hacen ninguna mención de una teoría de cesación. Al contrario, dan claro testimonio de que los dones no murieron en el primer siglo. Miremos las siguientes citas de padres de la iglesia, reconocidos tanto por los protestantes como por los católicos como legítimos sucesores de los apóstoles originales:

Justino Mártir (100-165)- "porque los dones proféticos permanecen con nosotros hasta el presente. Ahora es posible ver entre las mujeres y los hombres que poseen dones del Espíritu de Dios ".

Ireneo (130-202)- escribió en su obra: "Contra las herejías", libro V: "De igual manera nosotros también oímos a muchos hermanos en la iglesia que poseen dones proféticos, y que por medio del Espíritu Santo hablan de toda clase de idiomas, lenguas y traen a la luz para beneficio general las cosas ocultas de los hombres, y declaran los misterios de Dios…"

También expresó: "Llamamos personas 'perfectas' aquellas que han recibido el Espíritu de Dios, y quienes por medio del Espíritu de Dios hablan lenguas".

Clemente de Alejandría (150-215)- Hacía mención de "un derramamiento total del Espíritu Santo".

Tertuliano (160-220)- Durante la misma época, hizo mención en una de sus obras, de la continua manifestación de los dones del Espíritu.

Orígenes (185-284)- "Algunos dan evidencia de que hayan recibido a través de esta fe, un poder maravilloso por los curas que desempeñan, invocando otro nombre más de

los que necesitan su ayuda que la de Dios de todas las cosas, junto con Jesús y una mención de su historia ".

Novaciano (210-280): "Es él (el Espíritu Santo) que pone profetas en la Iglesia, instruye a los maestros, dirige lenguas, da poderes y sanidades, hace milagros ... y organiza los dones que hay de los carismas, y lo que hace la Iglesia del Señor en todas partes y en todo, perfeccionado y completado ".

Crisóstomo (347-407)- declaró: "Todo aquel que era bautizado en tiempos apostólicos, inmediatamente habló en lenguas; de inmediato recibieron el Espíritu".

San Agustín (354-430)- escribió: "Todavía hacemos lo que los Apóstoles hicieron cuando les impusieron las manos a los samaritanos y pidieron el descenso del Espíritu sobre ellos. Esperamos que los convertidos hablen en nuevas lenguas".

También escribió en su obra "La ciudad de Dios". Agustín habló de sanidades y milagros que había observado de primera mano y dice: "Estoy muy presionado por la promesa de terminar esta obra que no puedo registrar todos los milagros que conozco".

Demostrado ha quedado que los dones espirituales no cesaron o terminaron, sino que

seguían y siguen siendo normales, reales en la iglesia, desde el día de Pentecostés.

Así como se inició este mover del Espíritu, en el día de Pentecostés, con la poderosa experiencia de ser llenos del Espíritu Santo, es también sin lugar a dudas la causa del milagroso crecimiento de la iglesia cristiana en los años apostólicos y post-apostólicos. Ha sido el responsable principal del avivamiento dinámico, que ha movido al mundo, desde el comienzo del siglo XX y que en términos numéricos, cuenta con más de 600 millones en todo el mundo. El Instituto Hartford para la Investigación de la religión, asegura que para el 2025, habrá mil millones de pentecostales en todo el mundo, según publicara el periódico digital Noticia Cristiana.com en su edición de 3 de enero de 2013.

El movimiento Pentecostal- Carismático, que ha visto una explosión de los dones del Espíritu Santo en todo el mundo, hoy día, ha experimentado el mayor avivamiento de todos los tiempos. Esto es en realidad, cumplimiento de la profecía declarada por el Apóstol Pedro:

*"Y en los postreros días, dice Dios, Derramaré de mi Espíritu sobre toda carne, Y vuestros hijos y vuestras hijas profetizarán; Vuestros jóvenes verán visiones, Y vuestros ancianos soñarán sueños; Y de cierto sobre mis*

*siervos y sobre mis siervas en aquellos días derramaré de mi Espíritu, y profetizarán."*
*Hechos 2:17-18 (RVR1960)*

Estos testimonios y textos bíblicos demuestran, claramente, que los dones espirituales continuaban y continúan siendo el pan de cada día en la iglesia, desde el día de Pentecostés y se extenderán hasta la gloriosa venida de nuestro Señor y Salvador Jesucristo. "Y el Espíritu y la iglesia dicen: Ven". ¡Amen!

## Lectura, análisis y compresión del texto.

Capítulo XV    ¿Cesación? ¿Cuándo?

1. ¿Qué es la teoría de la cesación?
2. ¿Cuándo será que "venga lo perfecto"?
3. Menciona 4 padres de la iglesia de los siglos II al V que hablaron del bautismo en Espíritu Santo.
4. ¿Cuál es la proyección para el pentecostalismo en el 2025, según Noticias Cristianas .com?
5. ¿Dónde se sitúa usted?

# XVII. Post-Pentecostalismo

El pentecostalismo, que inició con la poderosa experiencia de ser llenos del Espíritu Santo. Ha causado un impresionante impacto en el mundo desde su surgimiento, con su explosivo crecimiento a través de la historia. Llegando a ser el movimiento religioso más estudiado por los sociólogos, antropólogos, historiadores y teólogos, entre otros. No debe ser para menos, porque en los últimos 100 años de existencia, el pentecostalismo se ha transformado en el movimiento cristiano de mayor y más rápido crecimiento de toda la historia contemporánea.

A pesar de los informes entusiastas, algunos estudiosos consideran, que el pentecostalismo está dando señales de estancamiento en los Estados Unidos, cuna del gran avivamiento del siglo pasado hasta hoy en día. El pentecostalismo o movimiento pentecostal corresponde al conjunto de iglesias y organizaciones cristianas que destacan y

enfatizan la doctrina del bautismo en el Espíritu Santo.

Las iglesias pentecostales y carismáticas alrededor de los Estados Unidos están enfrentando una nueva y extraña novedad: el post-pentecostalismo. El post-pentecostalismo, como algunos suelen llamarle, está en contra de las enseñanzas bíblicas del bautismo del Espíritu y de los métodos usados durante el periodo más exitoso de la iglesia. Se escucha con alguna frecuencia, de pastores pentecostales, que dirigen iglesias de orígenes de avivamiento y que ahora no aceptan la doctrina del bautismo en el Espíritu Santo, ni permiten la manifestación de dones espirituales en los servicios de alabanza. Al mismo tiempo, algunas iglesias pentecostales o carismáticas, se lamentan que sus pastores no practican ni alientan a la feligresía a experimentar las manifestaciones espirituales. También, algunos grupos pentecostales clásicos, han comenzado a restar importancia al papel de hablar en lenguas, como evidencia del bautismo en el Espíritu, aunque continúan valorándolo como un carisma legítimo del Espíritu. Nos inquieta, que hoy se hable de avivamientos sin el bautismo en el Espíritu Santo. Es decir sin la evidencia inicial de hablar en otras lenguas y

demás manifestaciones físicas del mismo. Es tiempo de considerar, si el pentecostalismo sin expresión de charismata; será un pentecostalismo real y genuino.

Lamentablemente, esto también está sucediendo, en menor o mayor grado en mi tierra bendita. De igual forma muchas iglesia que nacieron bajo el crisol del fuego del Espíritu, hoy tan solo les queda el recuerdo de lo que una vez fueron. Aún más trágico y doloroso es, que lo único que les quede de ese mover del Espíritu, en el cual surgieron, sea el rótulo que les identifica como Pentecostales, o de Avivamiento. Porque sus cultos carecen del mover del Espíritu Santo, causando la impresión de grandes refrigeradores religiosos.

Además es deplorable, patético y lastimoso saber, que hay una nueva generación de creyentes **"pentecostales"** que desconocen la manifestación del Espíritu Santo. Esto me dice que estamos en los tiempos más peligrosos para la iglesia del Señor; por las diversas corrientes de pensamientos que se están introduciendo dentro del mundo Pentecostal y aun en nuestra iglesia. Estas nuevas corrientes filosóficas o ideológicas están en contra de la señal inicial de hablar en lenguas, de su valor, importancia y trascendencia.

Pero nosotros los pentecostales clásicos, seguiremos poniendo énfasis en que el hablar en lenguas es la evidencia inicial del bautismo en el Espíritu Santo. Esta es nuestra distinción. Distinción que Dios ha usado para que seamos lo que hoy somos. Tristemente, pero con mucha indignación, y quebrantamiento de espíritu, lo digo, hay una nueva generación que se avergüenza, rechaza, y se burla, se mofan de la manifestación y eficacia de las lenguas, como producto, y obra del Espíritu Santo.

**"Pentecostés no pasa de moda. Hay gente que se han vuelto tan profesionales y tan teólogos que les da vergüenza hablar en lenguas"** a dicho Rev. Raymond Rivera Martínez, Obispo Internacional de la Iglesia de Dios Pentecostal, Movimiento Internacional.

Pienso que la herencia clásica pentecostal, que es nuestro legado, se está perdiendo en la brecha generacional. Es nuestra responsabilidad ponerla antorcha de la experiencia y ministerio pentecostal en las manos de una nueva generación que valore y reciba el poder detrás de la historia. Es imprescindible que prestemos atención a la preservación de nuestros fundamentos espirituales.

Pero la historia está ahí, frente a nuestras propias narices. Lo que se inició en el día de Pentecostés, con la poderosa experiencia de ser llenos del Espíritu Santo, es sin lugar a dudas, la causa del milagroso crecimiento de la iglesia cristiana en los años apostólicos y post-apostólicos. En la actualidad en términos numéricos, cuenta con más de 600 millones de pentecostales en todo el mundo y está creciendo a una tasa de 9 millones por año. De estas estadísticas nosotros somos parte.

Thomas F. Zimmerman, quien fuera superintendente general de las Asambleas de Dios, expresó: "Esto, entonces, es la explicación por el crecimiento asombroso del movimiento pentecostal. El hombre ha intentado citar muchos tipos de razones para explicarlo, en términos de sociología, psicología, ecología, y economía. Pero solo el poder todopoderoso de Dios respondiendo a la constricción de su remanente fiel, podría producir tales resultados."

Permítame enfatizar que ciertamente hemos crecido de manera sorprendente y como diría la pastora y profeta de fuego, de manera espectacular. Sería insensato pensar que ahora podemos sustituir el poder y la presencia del Espíritu Santo, para usar nuestras propias estrategias y fuerza numérica. Cuan

equivocados estamos, si actuáramos así. Tengamos presente que nuestra pujanza no es "por ejército, ni por fuerza, sino por mi Espíritu, dice Jehová de los ejércitos."

Reconozcamos que lo que hoy somos, lo que hemos alcanzado lo debemos a esta bendita obra de gracia, al don del Espíritu Santo, a su llenura, unción y virtud.

El movimiento pentecostal moderno seguirá dando testimonio de los sucesos espirituales más conmovedores e impactantes que el cristianismo haya conocido jamás. Para esto tenemos que volver a practicar y cultivar el espíritu de los primeros pentecostales. La oración, la glosolalia, la proclamación intrépida del evangelio, el sentido de comunidad, conversiones y lo milagroso, son las evidencias continuas de la presencia de Dios en su iglesia. Hay que volver a tener ese anhelo que había en los primeros creyentes, que se ocupaban porque todos los convertidos, tuvieran la experiencia del bautismo en el Espíritu Santo:

*"Mientras Apolo estaba en Corinto, Pablo estuvo recorriendo las regiones altas. Y sucedió que, cuando llegó a Éfeso, se encontró con algunos discípulos y les preguntó: ¿Ustedes recibieron el Espíritu Santo cuando creyeron en el Señor Jesús? Y ellos respondieron: No,*

*¡ni siquiera habíamos oído hablar del Espíritu Santo!" Hechos 19:1-2 (RVC)*

Tenemos que activar en nosotros y en nuestras congregaciones, esos principios, esos elementos de la experiencia pentecostal enunciados en el libro de los Hechos, que han caracterizado el crecimiento del pentecostalismo. Todavía Dios quiere manifestar su presencia en este nuevo siglo. El Espíritu Santo desea impulsar a los creyentes sinceros, es decir, aquellos que tienen "hambre y sed", que no están satisfechos porque saben, que saben, que hay más. ¡Sólo éstos alcanzarán un futuro cada vez más glorioso!

Así lo afirma el profeta Joel en su libro, cuando nos habla de que antes, de la segunda venida del Señor, habrá un derramamiento del poder del Espíritu Santo, cual nunca antes lo ha habido, que el describe como "la lluvia temprana y tardía".

*"Vosotros también, hijos de Sion, alegraos y gozaos en Jehová vuestro Dios; porque os ha dado la primera lluvia a su tiempo, y hará descender sobre vosotros lluvia temprana y tardía como al principio." Joel 2:23 (RVR1960)*

La lluvia temprana fue aquella visitación especial del Espíritu Santo que rememora el libro de los Hechos en su capítulo 2. La lluvia

tardía será una gran y poderosa, manifestación del poder del Espíritu Santo en los últimos tiempos, en que la iglesia recibirá un último y gran bautismo del Espíritu.

*"Más bien, esto es lo que fue dicho por medio del profeta Joel: Sucederá en los últimos días, dice Dios, que derramaré de mi Espíritu sobre toda carne. Sus hijos y sus hijas profetizarán, sus jóvenes verán visiones y sus ancianos soñarán sueños. De cierto, sobre mis siervos y mis siervas en aquellos días derramaré de mi Espíritu, y profetizarán. Daré prodigios en el cielo arriba, y señales en la tierra abajo: sangre, fuego y vapor de humo. El sol se convertirá en tinieblas, y la luna en sangre, antes que venga el día del Señor, grande y glorioso. Y sucederá que todo aquel que invoque el nombre del Señor será salvo."*
Hechos 2:16-21 (RVA-2015)

Qué respondería usted si le preguntara: ¿Cree que estamos viviendo en los últimos días? ¿Qué debemos esperar antes de la Segunda Venida del Señor?

Si tiene certeza que estamos en los días finales, dice el versículo sagrado; "en los últimos días, dice Dios, que derramaré de mi Espíritu sobre toda carne." ¿Qué debemos esperar como pueblo de Dios, en los días finales, antes de la Segunda Venida del Señor? "…en aquellos días derramaré de mi Espíritu, y

profetizarán… antes que venga el día del Señor, grande y glorioso." La característica de los últimos días será el derramamiento del Espíritu Santo, "dice Dios". Joel y Pedro describieron esto, como un tiempo excitante, cuando los creyentes de edad avanzada tendrían sueños espirituales y los jóvenes recibirían visiones. La Iglesia será dotada con el poder sobrenatural del Espíritu, de una manera sin precedentes, mediante el cual será sacudida, avivada, acelerada y estimulada para ir con gran pasión a anunciarle al mundo; "Y…todo aquel que invoque el nombre del Señor será salvo." La iglesia brillante, audaz y llena de unción será revestida de una habilidad portentosa para recoger la gran y última cosecha de almas.

Yo creo firmemente, que en este tiempo final, debemos estar esperando la lluvia tardía, el último derramamiento, el último bautismo del Espíritu Santo y la gran manifestación pentecostal del poder de Dios, antes de la Segunda Venida del Señor.

Yo anhelo y estoy esperando ver y participar de esa lluvia tardía que ha de venir, en estos últimos tiempos. Si usted también lo anhela, el Señor te dice que lo pida y Él te dará la lluvia temprana y tardía, su Espíritu Santo. Joel 2

*"Proclamad ayuno, convocad a asamblea; congregad a los ancianos y a todos los moradores de la tierra en la casa de Jehová vuestro Dios, y clamad a Jehová."*
*Joel 1:14 (RVR1960)*

*"Pues si ustedes, que son malos, saben dar cosas buenas a sus hijos, ¡cuánto más el Padre celestial dará el Espíritu Santo a quienes se lo pidan!"*
*Lucas 11:13 (RVC)*

El pastor suizo, quien fuera un teólogo reformado del siglo XX, Karl Barth, dijo: "Solo donde se anhela, se clama y se ora por el Espíritu, Él se hace presente…"

Hoy Dios quiere que nos llenemos y busquemos ese poder pentecostal, para que a la vez, esta práctica y experiencia divina, la traspasemos a las nuevas generaciones, sí el Señor tardara en venir. Así como lo hicieron la abuela y la madre de Timoteo, y el apóstol Pablo.

*"Traigo a la memoria la fe no fingida que hay en ti, la cual habitó primero en tu abuela Loida y en tu madre Eunice, y estoy convencido de que también en ti. Por esta razón, te vuelvo a recordar que avives el don de Dios que está en ti por la imposición de mis manos."*
*2 Timoteo 1:5-6 (RVA-2015)*

Así como Jesús con sus discípulos.

*"Y habiendo dicho esto, sopló, y les dijo: Recibid el Espíritu Santo." San Juan 20:22 (RVR1960)*

Alabo a Dios por todos los pastores y las iglesias que no han perdido el fuego del Espíritu. Glorifico a Dios por cada hombre y mujer que están encendidos con el Espíritu Santo. Pero, trágicamente, quedan tan pocos. Mi corazón gime cual el profeta del ayer, **"ven Espíritu y sopla de los cuatros vientos"**

*"Y me dijo: Profetiza al espíritu, profetiza, hijo de hombre, y di al espíritu: Así ha dicho Jehová el Señor: Espíritu, ven de los cuatro vientos, y sopla sobre estos muertos, y vivirán." Ezequiel 37:9 (RVA-2015)*

Finalmente, si eres uno de esos que se avergüenzan de nuestras raíces pentecostales, aún con las evidentes pruebas de sus resultados gloriosos, que te hemos revelado, sin duda alguna, ¡Tú no eres un genuino Pentecostal! ¡Tú necesitas el fuego Pentecostal! Tú mente finita y tú corazón angustiado, necesita de un cambio radical. Tú necesitas el poder pentecostal.

Afirmo que el Espíritu Santo seguirá llenando, bautizando, ungiendo, guiando, en fin, interviniendo en la vida de todos los que son Iglesia del Señor. ¿Lo eres tú?

**"El que tiene oído, oiga lo que el Espíritu dice a las iglesias."** Reitera una y otra vez en Apocalipsis, capítulos 2-3.

El Espíritu Santo cuidará, preservará a la verdadera Iglesia del Señor hasta su venida… Una Iglesia Gloriosa y Triunfante. Apocalipsis 22, Efesios 5: 25-27;

**"…así como Cristo amó a la iglesia, y se entregó a sí mismo por ella, para santificarla, habiéndola purificado en el lavamiento del agua por la palabra, a fin de presentársela a sí mismo, una iglesia gloriosa, que no tuviese mancha ni arruga ni cosa semejante, sino que fuese santa y sin mancha."**

## ¡ALELUYA!

Con gozo del Espíritu Santo,
*Rafael Laboy Cruz*
Pastor del Gozo

# Un Gran Descubrimiento

¡Sorprendente! Así describo la experiencia de la lectura de este libro. Es como hacer un descubrimiento donde jamás imaginaste poder encontrar un tesoro. Sí, porque hoy día hablar o escuchar del poder del Espíritu Santo es para muchos desconocido, otros no lo han experimentado y lo más lamentable hay quienes lo tiene en el baúl de los recuerdos; como las canciones antiguas que las letras han sido olvidadas y sólo se recuerda aquella melodía, donde al tararearla, entonarla salen algunas letras, aquellas más mencionadas en la canción. ¡Quién lo diría! Así para algunos es el oír de la experiencia del bautismo del Espíritu Santo.

Aquí en este momento conviene aclarar que sí hay muchos que le conocen, que viven la maravillosa y porque no decir la celestial experiencia de sentir el fuego de Dios, las vivencia; a veces como un "sustito", como un calor y lo más impactante; el poder de Dios en

tu vida. Que el que lo siente es capaz de sentirse como aquél que extendió la vara y el mar se dividió en dos y en seco. Como aquél que con el poder del Espíritu Santo decretó Palabra de Dios y unos abandonados, secos huesos de seres humanos; ante el Poder comenzaron a tomar forma, a tomar vida. ¡Increíble!, pensará alguno, pero así lo registra la Palabra de Dios.

¿Podrá el poder del Espíritu Santo levantar un muerto? ¿Y quién dijo que no?, pues a Dorcas o Tabita como le conocemos mejor, un hombre lleno del poder de Dios; en el nombre de Jesús la levantó.

Ni imaginarnos tan siquiera podemos el alcance, la magnitud, la capacidad de lo que puede hacer el poder de Dios. Sólo los que han sido llenos de ese poder Santo de Dios pueden creerlo y pienso que a veces les cuesta creerlo también, pues en el momento de la experiencia poderosa dicen: "Dios cuan real tú eres" y saben que es verdadero. Poderosa e inconfundible experiencia; que cuando pasa ese instante, minutos u horas puede comenzar a razonar; ¿viví esta experiencia o me la imaginé?

No existen dudas, ni lapsos de confusión mental para aquél que conoce la Escritura, la

Palabra de Dios; Palabra que es viva y eficaz. Y cuando la Palabra que no es otro asunto que una revelación de Dios al hombre (en su infinita misericordia) no hay duda ninguna, lo cree porque lo cree. Estos son los creyentes alegres, eficientes, decididos, apasionados por servir y seguir a Dios cueste lo cueste y dispuestos a ir dondequiera que Dios le envíe.

De esto es lo que se habla en este libro, la realidad de la existencia y mover del Espíritu Santo, de la aceptación y llenura en muchos creyentes. Y se presenta la oposición a reconocer esta experiencia, la ignorancia y dejadez de muchos en seguir tras las pisadas de Jesús, que sólo podremos hacerlo con esa gracia, poder y unción que nos imparte el Espíritu Santo.

No dejé claro, donde mi pastor; (porque es mi pastor quien escribió este libro) hizo el descubrimiento que les mencioné al comienzo.

Yo lo visualizó de la manera siguiente: lo descubrió en medio de un desierto, árido, tosco, extremadamente caliente de día y un frío extremo de noche. Inhóspito, peligroso y por demás nada agradable. Así es como a veces sentimos el tiempo o el lugar donde nos ha tocado vivir; como un desierto donde definitivamente a nadie le gustaría estar y

muchísimo menos vivir. Te tocó así y así es; aunque no es de sabios anhelar otros tiempos u otras épocas y si no me crees a mí, mira lo que dice el escritor bíblico en el libro de Eclesiastés 7:10;

*"Nunca digas: ¿Cuál es la causa de que los tiempos pasados fueron mejores que estos? Porque nunca de esto preguntarás con sabiduría." (RVR1960)*

Lo que pensamos en ocasiones no es del todo cierto; vivir en un desierto, jamás. Escogería el valle, la montaña, la orilla de la mar; el desierto, ¡jamás!

Si entras en él; y pones atención tus ojos podrán ver lo que nunca imaginaste, es como descubrir. Podrás ver la vida abundante que existe en ese lugar llamado desierto, diferente y hermoso. Todo ha sido creado por Dios. Encontrarás vida en plantas; diferentes, impresionantes, hasta capullos, flores. Sí, las hay. Seres vivientes, insectos, réptiles que por su diversidad causan un interés especial. ¡Agua!, también hay, no como estamos acostumbrados a verla; en represas, en los ríos, en los lagos, en las charcas que son lugares para diversión. La diferencia es que esa agua se encuentra o muy profunda o muy bien reservada especialmente por las plantas. A grandes rasgos estos detalles para decirte que

así también puede ser la experiencia de la búsqueda del bautismo del Espíritu Santo. De momento puedes pensar es difícil, imposible, inalcanzable. O hacerte preguntas como: ¿Vale la pena? ¿Recibiré esa promesa de Dios? ¿Cómo será? Y muchas más añadiéndole el temor o la ansiedad. Respuestas que han sido dadas en las enseñanzas de este libro, basadas en Las Sagradas Escrituras.

Experiencia que nadie que se llame y se sienta ser cristiano debe dejar pasar por alto. Y créeme todavía hay mucho, mucho más que puedes alcanzar. Oportunidad para conocer a Dios más de cerca, en medio del desierto de nuestra vida y estar listos y preparados para una eternidad con Él. ¡Mucho, mucho más tiene Dios para cada uno de nosotros!

Valora, cultiva esa experiencia del Espíritu Santo. Estudia y promuévela a las futuras generaciones, sácala del baúl de los recuerdos, pues hay mucha más gente de la que te imaginas que la necesitan.

Así como hay vida en el desierto, agua, plantas, flores, así también hay esperanza para áquellos que viven sin ella. Lee, estudia y comparte este libro con otros pues su valor es incalculable. Expresado en palabras que quizás

tú y yo no podremos escribir; pero ya son una realidad.

No dejes escapar esta gran oportunidad de anhelar y promover un avivamiento cual nunca antes; aún en medio de tu desierto.

*Lizette Fúster González*
Pastora y Profeta de Fuego

# Referencias:

Versiones de la Biblia.

(RVA1909) Reina-Valera Antigua.

(RVR1960) Reina-Valera 1960, Sociedad Bíblica Americana.

(RVR1977) Reina Valera 1977, © 1977 por CLIE.

(RVR1995) Reina-Valera 1995, Sociedad Bíblica Americana.

(RVA-2015) Reina Valera Actualizada, Copyright © 2015 by Editorial Mundo Hispano.

(RVC) Reina Valera Contemporánea, Sociedades Bíblicas Unidas.

(NBLH) Nueva Biblia Latinoamericana de Hoy, 2005 by The Lockman Foundation, La Habra, California.

(NVI) Nueva Versión Internacional, Sociedad Bíblica Internacional.

(DHH) Dios Habla Hoy, Sociedades Bíblicas Unidas.

(CST) Castilian 2003, Sociedad Bíblica Internacional.

(PDT) Palabra de Dios para Todos, Centro Mundial de Traducción de La Biblia.

(BLS) Biblia en Lenguaje Sencillo 2000, (BLS) Sociedades Bíblicas Unidas.

(LBLA) La Biblia de las Américas 1997, The Lockman Foundation.

(NTV) Nueva Traducción Viviente, 2010 by Tyndale House Foundation.

(LBL, edición XXXI) La Nueva Biblia Latinoamérica, edición XXXl, Ediciones Paulinas Verbo Divino.

(TLA) Traducción en lenguaje actual, Sociedades Bíblicas Unidas.

Biblia Plenitud, (RVR1960) Reina-Valera 1960, Editorial Caribe, Inc.

Biblia de Estudio Pentecostal, (RVR1960) Reina-Valera 1960, Editorial Vida, FL. E.U.

Todos los énfasis de las citas Bíblicas son del autor.

## Enlaces Bibliográficas:

- Porter, R. (1989). Estudios Bíblicos ELA: Un pueblo nuevo (Hechos). Puebla, México: Ediciones Las Américas, A. C.
- Platt, A. T. (1993). Estudios Bíblicos ELA: Verdadero hombre, verdadero Dios (Lucas Tomo II). Puebla, México: Ediciones Las Américas, A. C.
- Buswell, J. O., Jr. (1983). Teología sistemática, tomo 3, Jesucristo y el plan de salvación. Miami, Florida: LOGOI, Inc.
- A.B. Simpson (1989). El Poder de lo Alto. Libros CLIE, Barcelona.
- Yves M.J. Congar, (1991). El Espíritu Santo. Editorial Herder, Barcelona.
- C.I. Scofield (1982). Como Un Viento Recio. CLIE, Barcelona.
- La Palabra de Vida, (1986), tomo 6, Editorial Vida, Miami, Florida.
- La Palabra de Vida, (1987), tomo 7, Editorial Vida, Miami, Florida.
- La Palabra de Vida, (1988), tomo 10, Editorial Vida, Miami, Florida.
- Rubén Pérez Torres (2012), La Verdad Que Libera, vol.3, Editorial MIREC, P.R.
- De Andrade, C. C. (2002), Diccionario Teológico: Con un Suplemento Biográfico de los Grandes Teólogos y Pensadores. Miami, FL: Patmos.
- W. E. Vine (1999), Vine Diccionario Expositivo de Palabras del Antiguo y del Nuevo Testamento Exhaustivo. Editorial Caribe

- Vila Ventura, Samuel - Escuain Sanz, Santiago, Nuevo Diccionario Bíblico. CLIE
- Ron M. Phillips (2000), Despertado por el Espíritu, Betania, Editorial Caribe, Miami, Fl.
- Yoccou, R. C. (1992). Comentario bíblico del continente nuevo: Hechos I (73). Miami, FL: Editorial Unilit.
- Kistemaker, S. J. (2007). Comentario al Nuevo Testamento: Hechos (80–81). Grand Rapids, MI: Libros Desafío.
- James D.G. Dunn, Baptism in the Holy Spirit, Studies in Biblical Theology, 2a. Series 15 (Londres: SCM, 1970)
- William G. MacDonald, "Glossolalia in the New Testament", en Speaking in Tongues: A Guide to Research on Glossolalia, ed. Watson E. Mills (Grand Rapids: Eerdmans, 1986)
- Roger Stronstad, A Charismatic Theology of St. Luke [Una teología carismática de San Lucas] (Peabody, MA: Hendrickson, 1984)
- Stanley M. Horton, El Espíritu Santo revelado en la Biblia. (Edición Revisada) Editorial Vida, FL. E.U.
- Rahbrames Fernández, Manual de la Vida en el Espíritu. Editorial Vida, FL. E.U.
- Bill Bright, El Espíritu Santo, La Clave para una Vida Sobrenatural. Cruzada Estudiantil y Profesional para Cristo 1985.
- William W., Robert P. / Menzies, Espíritu y Poder. Editorial Vida, FL. E.U.
- Stanley M. Horton, Teología Sistemática, Una perspectiva Pentecostal. (Edición Ampliada) Editorial Vida, FL. E.U.
- Pablo A. Deiros, Los Dones del Espíritu Santo. FADEAC/FIT, Buenos Aires, Argentina.
- David Pytches, Ven Espíritu Santo, Manual para Ministrar en el Espíritu. Certeza Argentina, Buenos Aires 1999.

- Howard M. Ervin, El Bautismo en el Espíritu Santo, Una Investigación Bíblica. Editorial Vida, FL. E.U.
- Thomas E. Trask y Wayde I. Goodall, La Bendición, Viva Hoy el Poder del Espíritu Santo. Editorial Vida, FL. E.U.
- Leonard Ravenhill, Porque no llega el Avivamiento. Editorial Betania, P.R.
- Wayne Grudem, Teología Sistemática. Editorial Vida, FL. E.U.
- Wayne A. Grudem, ¿Son Vigentes Los Dones Milagrosos? Cuatro Puntos de Vista. Clie, Barcelona España.
- Carlos Brwmback, ¿Qué Quiere Decir Esto? Editorial Vida, FL. E.U.
- P.C. Nelson, Doctrinas Bíblicas. Editorial Vida, FL. E.U.
- Alfonso Ropero Berzosa, Gran Diccionario Enciclopédico de la Biblia. Editorial Clie, Barcelona España.
- W.P. Strckland, ed., Autobiography of Peter Cartwright: The Backwoods Preacher. Ayer Co. Pub. 1856.
- Helen Wessel, ed., Autobiography of Charles G. Finney, Bethany House, Minneapolis, 1977.
- Billy Graham, The Holy Spirit. Word, Dallas, 1988.
- Rafael Laboy Jr., (2010). Vive una vida de Abundante Gozo. Ministerio Visita de Amor, San Juan, P.R.
- Rafael Laboy Jr., (2008). Como Vivir una Vida Abundante. Ministerio Visita de Amor, San Juan, P.R.
- Rafael Laboy Jr. (2014). Atrévete a Reír…Se Libre. Ministerio Visita de Amor, San Juan, P.R.
- T.L. Osborn, (1968). El Propósito Del Pentecostés. TLO Evangelistic Association, Tulsa, Okla. USA.
- John R. W. Stott (1977) Sed llenos del Espíritu Santo. Editorial Caribe, San José, Costa Rica.

- Darío López R. (2008). Pentecostalismo y Misión Integral. Ediciones Puma, Perú.
- Reinhard Bonnke. El Espíritu Santo Revelación y Revolución. Editorial Desafío, Bogotá, Colombia.
- Kenneth E. Hagin (1994). Siete Pasos Para Recibir El Espíritu Santo. Faith Library Publications, Tulsa, Ok.
- Vinson Synan (2oo6).El siglo del Espíritu Santo. Editorial Peniel, Buenos Aire, Argentina.
- Vinson Synan (2012). Voces de Pentecostés. Editorial Peniel, Buenos Aire, Argentina.
- Stanley M. Horton(1992). El Espíritu Santo Revelado En La Biblia. Editorial Vida, FL. E.U.
- Donald W. Dayton (2008). Raíces Teológicas del Pentecostalismo. Libros Desafíos, Michigan, E.U.
- Gordon D. Fee (2007). Pablo, el Espíritu y el Pueblo de Dios. Editorial Vida, FL. E.U.
- M. David Grams (1970). Poder Divino Para Servir. Editorial Vida, FL. E.U.
- Carlos R. Smith y Carlos N. Sellers (1967). Enseñanzas Bíblicas Sobre El Don De Lenguas. Publications, Inc, FL. E.U.
- L.O. Engelmann (1966). Manual Bíblico del Espíritu Santo. Casa Bautista de Publicaciones, El Paso, Texas, E.U.
- Ted Lindwall (1978). Poder Espiritual, La plenitud de Dios en su Vida. Casa Bautista de Publicaciones, El Paso, Texas, E.U.
- Willard Cantelon (1951). El Bautismo en el Espíritu Santo. Editorial Vida, Springfield, Mo. E.U.
- William Caldwell (1973). Bautismo Pentecostal. Front Line Evangelism, Tulsa, Ok. E.U.
- Gordon Lindsay (1976). Como Recibir El Bautismo Del Espíritu Santo. Christ For The Nations. Dallas,Texas, EU.

247

- Charles C. Ryrie (1978). El Espíritu Santo, un estudio completo de la tercera persona de la Trinidad y su obra en el creyente. Editorial Portavoz, Grand Rapids, Michigan USA.
- Kennth E. Hagin. El Porqué De Las Lenguas. Faith Library Publications, Tulsa, Ok.

## Enlaces Bibliográficos Electrónicos:

"En nuestras lenguas": una defensa del habla milagrosa basada en testimonios oculares. Por Jordan Daniel May
https://www.google.com.pr/?gws_rd=ssl#q=%E2%80%9CEn+nuestras+lenguas%E2%80%9D:+una+defensa+del+habla+milagrosa+basada+en+testimonios+oculares.+Por+Jordan+Daniel+May++

"El agua y el cuerpo humano": comunidadplanetaazul.com
https://www.google.com.pr/?gws_rd=ssl#q=%E2%80%9CEl+agua+y+el+cuerpo+humano%E2%80%9D:+comunidadplanetaazul.com+

"¿Por qué no tengo las manifestaciones del Espíritu Santo?"
http://www.conpoder.com/por-que-no-tengo-las-manifestaciones-del-espiritu-santo/

¿Qué es el bautismo en el Espíritu Santo?
http://www.miapic.com/qu%C3%A9-es-el-bautismo-en-el-esp%C3%ADritu-santo

Las lenguas: esencia, propósitos y uso (primera parte)
http://ag.org/enrichmentjournal_sp/201501/201501_010_Tongues_Paul.cfm

¿Qué es el Bautismo en el Espíritu Santo y Fuego?
http://www.encinardemamre.com/que_es_el_bautismo_en_el_Espiritu_Santo_y_fuego.html

El Espíritu Santo del punto de vista Pentecostalhttp://www.monografias.com/trabajos32/espiritu-santo/espiritu-santo.shtml

El bautismo en el Espíritu Santo y el libro de Hechos
http://ag.org/enrichmentjournal_sp/201002/201002_112_Bapt_Holy_Spirt.cfm

LA SEÑAL DEL ESPIRITU SANTO
http://unicodios.blogspot.com/2012/03/la-senal-del-espiritu-santo.html

El hablar en lenguas: la evidencia física inicial del bautismo en el
Espíritu
Santohttp://ag.org/enrichmentjournal_sp/top/Holy_Spirit/201
303_Espiritu_Santo.cfm
"En nuestras lenguas": una defensa del habla milagrosa basada en
testimonios oculares
http://ag.org/enrichmentjournal_sp/201501/201501_010_Tong
ues.cfm
El bautismo del Espíritu Santo vs. la llenura del Espíritu
http://integridadysabiduria.org/el-bautismo-del-espiritu-santo-
vs-la-llenura-del-espiritu-santo/
Él me glorificará: un estudio de la exaltación de Cristo por el
Espíritu Santo
http://ag.org/enrichmentjournal_sp/top/201001_fruitofspirit.cf
m
El Espíritu Santo en Lucas-Hechos: una síntesis de la
pneumatología de Lucas
http://ag.org/enrichmentjournal_sp/top/200703_pneumatologi
a.cfm
Promesa del Espíritu
http://ag.org/enrichmentjournal_sp/top/200602_fruitofspirit.cf
m
El bautismo en el Espíritu Santo: Promesa del Antiguo
Testamento
http://ag.org/enrichmentjournal_sp/200904/200904_116_OT
%20Promises.cfm
Nuestra Urgente Necesidad del Espíritu Santo
http://www.spurgeon.com.mx/sermones.html
Distintivos de una vida llena del Espíritu
http://ag.org/enrichmentjournal_sp/top/201002_fruitofspirit.cf
m
La gente que quiere Dios para las manifestaciones espirituales
http://ag.org/enrichmentjournal_sp/top/Holy_Spirit/201304_
Espiritu_Santo.cfm
Científicos revelan interesante estudio sobre cristianos que
"Hablan en Lenguas"
http://www.noticiacristiana.com/ciencia_tecnologia/2006/11/ci
entificos-revelan-interesante-estudio-sobre-cristianos-que-hablan-
en-lenguas.htm

Fuego extraño, verdad extraña, amor extraño
http://ag.org/enrichmentjournal_sp/201402/201402_106_Stran
ge_Fire.cfm
Respuestas A Objeciones De Hablar En Lenguas
http://www.believers.org/es/sbel109.htm

Si la lectura de este libro impacto tu vida y te bendijo, entonces déjame conocer de tu experiencia y testimonio. Para conferencias, campañas, seminarios y talleres, escríbame a la dirección postal o al correo electrónico:

VISITA DE AMOR
P.O. Box 787
Caguas, Puerto Rico
00726

rafaellaboyjrministries@gmail.com
visitadeamor@gmail.com

Para recibir copias de este libro escribe a la dirección postal o al correo electrónico.

Adquiera los libros de este autor, los mismos le enseñarán a vivir una vida plena. Vidas y aun congregaciones han sido revolucionados por el contenido de estos libros. Estamos seguros que su vida también será transformada en una vida abundante y llena del poder del Espíritu Santo.
¡Adquiéralos ya!

VISITA DE AMOR
P.O. Box 787
Caguas, Puerto Rico
00726

rafaellaboyjrministries@gmail.com
visitadeamor@gmail.com

VIVE UNA VIDA DE
ABUNDANTE

*Gozo*

RAFAEL LABOY JR.

Atrévete
a
REÍR
¡Se libre!

Dr. Rafael Laboy Cruz

El pastor Laboy y su esposa Lizette, son los profetas de Dios para la iglesia de hoy. Por más de 43 años de ministerio, han pastoreado iglesias grandes y pequeñas. Han hecho una labor evangelística y pedagógica, digna de honor y respeto. Han repartido tesoros de sabiduría y conocimiento, desde Estados Unidos, hasta más allá del Amazonas; sin olvidar llevar el pan y el abrigo.

Resplandecen como luminarias, en la sacrificada labor de darle a la iglesia lo que la iglesia merece y necesita; el tesoro de la sabiduría y conocimiento de Cristo.

Es por ello que emprenden una nueva y excelente misión; crear un escenario de fe, de conocimiento y de motivación, que facilite la experiencia pentecostal a través de su más reciente obra literaria: Espíritu Santo…Poder detrás de la Historia.

¿Quieres ese tesoro? Lee con fruición, deleite y gozo este libro. Lo respalda el testimonio fiel, la credibilidad impoluta y la autoridad del que puede decir: ¡Así dice el Señor! Su estilo de vida, pasión y ministerio son credenciales indubitables, de reconocido valor. Es imperativo para todos leer este mensaje, porque la voz profética resuena con gran estruendo: "Hijo del hombre profetiza sobre estos huesos." Sólo nos resta implorar: ¡Oh Jehová, aviva tu obra en medio de los tiempos! El pastor Rafael Laboy Jr. es graduado del Colegio Pentecostal Mizpa, con un Bachillerato en Teología Pastoral. Obtuvo también un Doctorado Honorífico de Teología en Divinidad de la International Theological University of Florida. Actualmente es el Presidente del Consejo Educativo Teológico de la Universidad Pentecostal de Mizpa, de Puerto Rico. Su esposa Lizette es conocida como la Pastora y Profeta de Fuego. Han escrito 3 libros y por más de 20 años han tenido un ministerio en la Radio y la Televisión. Padres de 3 hijos y felices abuelos de 8 nietos.

*Dra. L. Colón*
Psicología Educativa